아름다운 시절

beautiful time

김영임 지음 **I**

신세림출판사

아름다운 시절

김영임 소설집

누구나 젊은 날의 사연 없는 인생이 어디 있겠는가.

사람, 만남과 헤어짐은 젊음만이 누릴 수 있는 특권이다.

행복은 파랑새와 같다고 말했다.

잡으려고 하면 날아가고 잡으려고 하면 또 날아가는데 행복은 어디에 있느냐고 물으면 우리 마음속에서 행복하다라고 느끼면 그곳에 존재한다.

나는 또 남자와 여자가 만나서 가정을 이루고 아들딸 낳고 재미있게 알콩달콩 사는 곳에도 행복이 있다고 생각한다.

요즘 우리청년들은 대학을 나와도 일자리가 없는 사람들이 많이 있어서 안타까운 상황이다.

결혼은 현실이라 경제적으로 어려워 적령기를 훌쩍 넘긴 처녀총각들이 많이 있다.

우리나라의 큰 문제는 인구가 줄어드는 것이다.

원인은 일자리가 충분치 않기 때문에 결혼해서 가정을 갖지 못하여 오늘과 같은 현상이 발생하였다.

조금 있으면 선진국에 진입한다고 목청을 높이는데

지도자들은 어떤 나라를 만들어야 할 것인가, 많이 생각해 볼 일들이다.

선진복지사회란 태어나서부터 죽을 때까지 나라에서 책임을 져야 한다. 즉 요람에서 무덤까지 평생을 보살펴주어야 한다. 아장아장 걸어서 놀이방 유치원 초등학교 중고등학교까지 무료로 다닐 수 있고 아프면 병원에 갈 수 있는 보건복지, 실업자에게 수당이 지급되고 목숨이 다할 때까지 연금이 지급되는 나라가 우리가 추구하는 살기 좋은 나라이다.

이러한 사회가 되면 우리가 추구하는 가치가 실현되어 자연적으로 인구가 늘어날 것이다라고 긍정적인 사고를 하고 있다.

내 나이 마흔 아홉 되던 때 의식이 없어 죽었다가 오일 만에 깨어났던 체험은 내 인생에서 너무나 찬란했던 순간이었다.

이 투쟁으로 한미 FTA 한류분야에 들어갔던 비준을 통과시키는 원동력이 되었고 아직 이행완료가 되지 않았던 영화 '화려한 휴가'를 선전할 수 있는 천재와 같은 좋은 머리를 자랑하고 팔 수 있게 기틀을 마련한 것이다.

어떤 시련이 내 앞에 올지라도 꼭 이겨내서 위기를 기회로 잡는 지혜와 명석한 두뇌를 인적자원으로 수출할 것이다.

좋은 작품을 집필하여 책과 영화를 찍어서 선진국 복지사회를 만들어 통일로 이어질 수 있는 선구자 역할을 할 것이다.

살아가면서 할 수 있는 일이 있기에 행복하다.

좋아하면서 하고 싶은 일을 하는 것은 무척이나 행운아인 것 같다. 이런 일들을 허락하신 하느님, 감사합니다.

문득 하늘을 바라보니 파란 창공에 제트비행기가 쏜살같이 뿌연 잿빛 연기를 길게 내뿜으며 달려간다.

그 아래 자유롭게 나는 새들의 합창, 평화로운 전경이 내 마음에 조용히 다가와 감동의 물결로 이어진다.

사람은 사랑으로 인해 성숙해지고 영글어간다.

2017년 햇살이 고운 봄날

글쓴이 김영임

| 차 례 |

아름다운 시절

beautiful time

1. 상경

늦가을이 지나고 마지막 남은 낙엽마저 떨어져간 그 자리에 찬 이슬방울과 찬서리가 하얗게 내리는 계절이 되었다.

싸늘한 바람이 불어 머리카락이 날리면서 바쁘게 걸음을 걸었다. 버스를 타고 종점인 학교역에서 내렸다. 후문으로 통한 교정을 걸어서 강의실로 향했다. 4학년 마지막 강의를 들었다.

나는 지방대학교 법학과 졸업반이었다. 졸업을 앞두고 미리 취직을 해서 학교에 나오지 않는 학생들도 있었지만 대부분 그렇지 못한 사람들이 많았다. 나는 다행히 집안에 높은 사람 인맥으로 취업을 부탁해 놓고 연락이 오기만을 기다리고 있었다.

선배들은 마지막 종강파티도 하고 멋있게 끝맺음을 했지만 1980년 5월 18일 광주사태로 아픈 기억이 남아 있고 취직이란 하늘에 별따기만큼 어려운 시대인지라 숨쉬고 살아있기만 한 것도 감지덕지라는 부모님들의 바램도 보기에 안타까운 전경이었다.

교정에서 만난 친구들과 운동장을 걸었다. 이제는 같이 할 시간이 없는 추억 속으로 들어가는 것인가? 동창회 모임도 하자고 제안하지만 그렇게 시간과 경제가 뒷받침이 되지 않기 때문에 자리 잡을 때까지 미루자고 하였다.

그동안 우여곡절도 많았고 많이 정들었던 학교가 우리들이 없어도 그 누군가 뒤를 이어 채워지고 잘 돌아갈 것이라고 다들 생각한다. 우리는 잠시 머물다 추억을 새기고 더 넓은 사회로 나가는 관문인 교정을 다시 돌아본다.

기쁜 일과 슬펐던 기억들, 울고 웃었던 지난날들이 주마등과 같이 스쳐지나간다.

지성인들이 모여서 학구열을 불태웠던 곳, 아름다운 모교, 잊을 수 없는 젊은 날의 한 때를 보낸 이 곳을 우리 모두 영원히 기억하리.

친구들 여럿이 시내 커피숍에서 마지막 커피를 마시기로 하고 버스를 탔다.

사람들이 많지 않은 한가한 오후인지라 버스는 그리 붐비지 않아 자리에 앉을 수 있었다. 모두들 침묵을 지키고 입을 열지 않았다.

이윽고 도청 앞 분수대 옆 정류장에서 모두 내렸다. 가로수 이파리가 낙엽이 되어 모두 떨어지고 깨끗하게 청소가 된 시내곳곳을 돌아다니다가 학생들이 자주 다니는 제일 다방에 들어갔다. 감미로운 음악이 흘러나오고 흥겨운 캐롤송도 기분 전환으로 신청했다. 따끈한 커피향기가 모락모락 피어나오고 우리의 이야기꽃도 미래를 향해서 조용히 퍼져 나갔다.

한참 지난 후 해가 빨라지고 어둑어둑 땅거미가 몰려들자 모두 일어서서 각자 자기가 가야 할 곳으로 헤어졌다.

기약없이 악수를 하고 다방문 앞을 나와 집으로 뿔뿔이 흩어졌다. 버스에서 내려 항상 다니던 길을 오늘은 또 다른 느낌으로 들어갔다. 엄마는 주방에서 분주하게 저녁을 차리고 있었다. 아버지께서 일찍 퇴근 하셔서 식탁에 동생들도 빙둘러 앉았다. 신김치고등어 조림과 나물 한두 가지 멸치 두부반찬이 올라왔다. 밥을 먹으면서 자연스럽게 이야기가 흘러나왔다.

"경희 너 발령받게 되었다. 1월 2일 시무식과 더불어 서울 영등포구청 서무과 문서계로 출근하라는 연락을 받았단다. 이제는 어엿한 사회인이 된 거야."

"여보 곧 서울에 올라가서 조그마한 원룸이라도 구해야겠어요. 거처해야 할 곳이 마땅치 않아 그래야겠어요." 엄마는 다 큰 딸자식이 걱정이 되어 여러 가지 당부하는 말씀을 하셨다. 동생들도 잘되었다고 축하해 주었다.

"대학생활 다 끝났어요. 졸업만 남았어요."

"끝이 아니라 또 다른 세상의 시작이다. 마음의 준비를 해 두어라. 한번 심어주면 어려운 것 모두 헤쳐나가 성공하는 것은 네 몫이다. 너의 노력이 제일 중요한 것이야."

"예, 잘 명심하여 사회생활 잘하겠습니다."

밥을 다 먹고 온가족이 차를 마시면서 앞으로 펼쳐질 미래에 대해 서로 자기 생각을 말하고 오순도순 덕담을 나누었다. 참으로 기대되는 서울생활이었다.

깊은 밤 세찬 바람소리가 윙윙 소란을 피우듯 불었다. 모두 잠이 들어 달콤한 꿈나라로 향했다.

평화스러운 전경이었다. 오후가 되었다. 지인들에게 크리스마스카드와 편지를 보내기 위해 시내로 나왔다 예쁜 카드와 편지지를 골라 가게에서 계산을 하고 나섰다.

자주 가서 음악을 듣던 커피숍에 오늘은 혼자서 들어갔다.

귀에 익은 감미로운 멜로디가 흘러 기분이 상쾌해지고 안정되었다. 시내가 내려다보이는 창가에 기대어 한참 생각한 뒤 펜을 든다. 커피 향기가 그윽하게 시각과 후각 미각 촉각을 자극시켜 음미하고 긴 편지를 쓴다. 음악을 감상하면서 쓰는 편지속에 그동안 같이 지내온 시간을 이제는 같이 하지 못하는 아쉬움, 사회로 나가는 첫 걸음이 나의 발전 더 나아가서 성공을 이루려는 밑바탕으로 거듭나기 위해 이 곳에서의 생활을 정리하는 의미이다. 지금 창밖은 쌓이지 않는 눈이 내려 가만히 땅위에서 녹는다. 생각에 잠겨 이따금씩 마시는 커피의 쓴맛 뒷 끝의 개운함이 좋은 느낌으로 다가온다.

각자 여러 가지 표정을 지으며 오고 가는 거리의 사람들, 그들의 마음속에 상처로 남아 아픔으로 치유 받지 못하는 지난날의 악몽이 떠올라 살아남은 자의 역할이 중요한 일로 떠오른다. 일단 일자리를 잡고 먹고사는 현실이 해결이 되면 무엇인가 시작해보자. 그들을 대변해서 글쓰기를 하는 것이 가치있는 삶이 아닌가도 생각해본다. 카드와 편지를 봉투에 넣고 커피숍을 나와 시내 우체국으로 들어갔다. 입구를 풀로 부치고 우표를 사서 봉투에 부쳤다. 그리고 담당자에게 건네주었다. 가벼운 마음으로 우체국을 나와 시내를 이리저리 돌아보았다. 은종소리를 뒤로하고 버스를 타고 집으로 돌아왔다. 나의 방안 책상에 앉아 책 정리를 하기 시작했다.

그리고 자는 시간에 잠자리를 깔고 편안하게 잠이 들었다. 다음날 오전 엄마와 나는 시장에 갔다. 엄마가 미리 서울에 얻어놓은 집 주소를 보고 찾아가기만 하면 된다.

시장에서 김치거리며 여러 가지 음식할 재료를 사고 여행용가방도 샀다.

"옷은 서울에 가서 입을만한 것 좋은 것을 골라서 사거라. 김치는 담아서 갖고 가고 고추장 된장도 싸서 잘 포장해야겠다. 혼자 있다고 밥 거르지말고 잘해 먹어라."

"예, 엄마 알았어요."

엄마는 딸을 떠나보내기가 걱정되고 하는 일이 미덥지가 않아 여러 당부의 말씀을 하셨다.

크리스마스 전날이 되었다 시장가서 사온 음식 재료로 맛있는 요리를 하기 시작하셨다. 오후 내내 맛있는 음식 냄새가 집안 가득히 퍼져 나가고 동생들도 오순도순 이야기꽃이 만발하였다

"언니, 대학에 들어가서 방학이 되면 언니보러 갈게."

"그래, 서울 구경도 하고 오빠랑 같이와."

"와~ 누나 덕에 서울구경도 할 수 있겠네. 너무 좋아."

여동생은 대학 입시를 치루고 결과가 나왔다. 그에 맞추어 좋아한 과에 원서를 넣기만 하면 되고 남동생은 대학2학년 겨울 방학을 했다. 휴학을 하고 군대가려는 생각을 하고 있는 중이다. 거실에 크리스마스트리가 만들어져 꼬마전구들이 반짝반짝 빛이 반사되어 조명이 켜져 기분이 좋아졌다.

저녁이 되어 아버지가 퇴근하셨다. 우리들은 엄마가 만든 음식

을 상을 닦고 접시 수저 등을 가져다 날랐다. 온 식구가 네모난 상에 앉아 먹기 전에 아버지가 말씀하셨다.

"오늘은 특별한 날이다. 경희가 취직을 해서 사회로 나가는 진짜 자기 일을 자기 스스로 하는 성인이 된 날이기 때문이다. 너희들도 공부 열심히 해서 자기 앞길을 개척하도록 해라."

아버지 말씀이 끝나자 호진이가 술잔에 담근 매화주를 따랐다.

"아버지 말씀 잘 알겠습니다. 한잔 하셔야죠."

크리스마스이브 가족과 함께 보내고 밤 열시 완행열차를 타고 상경하기로 했다. 미리 열차표를 끊어놓고 여러 가지 준비를 마쳤다. 그렇게 추운날씨는 아니었다. 눈이 내리는 화이트크리스마스가 아니라 바람만 약간 부는 평화로운 분위기였다.

온 식구가 밥을 맛있게 먹고 거실에 앉아 커피와 과일을 깎아 먹으면서 도란도란 이야기를 나누었다.

이제는 부모형제를 떠나서 홀로서기를 하는 것이다. 모든 일을 자기가 책임을 지고 사회생활을 잘하고 큰 성공을 하기위해서 최선의 노력을 해야 한다. 첫출발을 예수님이 태어나신 성탄절날 내딛는 순간 은혜를 받는 축복 속에 내가 사랑하는 사람들과 함께한다.

감사합니다. 일을 주셔서 하나님 말씀을 마음속에 새겨 내가 받는 달란트 몇 백 배 몇 천 배 열매를 맺을 수 있도록 기도와 성령의 도우심으로 모든 어려움 헤쳐 나갈 수 있도록 도와주소서.

시간이 저녁 8시 30분경을 가리켰다. 미리 가서 열차를 기다리기로 하고 엄마 아버지께 인사를 하고 동생들은 광주역까지 따라간다고 집을 나섰다.

"엄마 아버지, 너무 걱정하지 마세요. 이만큼 키워주셔서 감사합니다. 모든 일은 제가 알아서 잘 할께요. 자주 전화드릴께요."

"그래, 아버지는 너만 믿는다."

"몸조심하고 잘해라."

"이제 그만 가서 기다릴 거예요. 나오지 마세요."

부모님께서 문밖까지 나와 가는 모습을 지켜보셨다. 택시 타는 곳까지 여행용가방을 끌고 손가방은 들고 따라나와 택시를 잡았다.

"아저씨, 광주역으로 가요."

"예, 잘 모시겠습니다."

셋이서 광주역에서 내려 한 시간이 남아 광주역안 의자에 앉아 헤어지는 것이 서운했지만 내가 가야 할 길을 용감하게 떠났다. 방송에서 열차가 왔다면서 몇시에 떠날 예정이라는 말이 흘러나왔다.

"그만 들어가라. 타야겠다."

"언니, 몸조심해 잘가."

"누나, 건강하게 사회생활 잘하길 바래."

"알았어, 안녕."

손을 흔들면서 여행용 가방을 끌고 들고 차표를 내고 열차 안으로 들어갔다. 좌석번호를 찾기위해 열차 안에서 한참 걸었다.

"짐이 무거우실텐데 위로 올려드릴 테니까 주시죠."

낯선 남자가 옆에 앉아있었다.

"그럼 초면에 실례하겠어요."

"괜찮아요. 서로 돕고 사는 것이지요."

"감사합니다."

무거운 가방을 올려놓고 자리에 편하게 앉을 수 있었다. 우리 또래의 남자도 서울에 올라간다고 말했다.

이윽고 야간열차는 어둠을 뚫고 서울을 향해 천천히 달리기 시작했다. 발령일자가 며칠 남아 있었지만 여러 가지 준비를 하기 위해 미리 올라가는 것이다.

열차소리가 예민하게 들려 잠이 오지 않았다. 처음 만난 남자는 말없이 앞만 보고 있었다. 나도 말이 없었다. 침묵이 흘러 정적만이 흐르고 생리적 현상인 소변이 마려워 그 남자는 약간 양해를 구하고 화장실에 갔다왔다. 칙칙폭폭 기적을 울리면서 달리고 또 달렸다.

"서울엔 뭣 때문에 가시나요."

"취직이 되어서 공무원으로 근무하게 되었어요."

나는 어디라고 말하지 않았다. 묻는 말에 간단히 대답할 뿐 관심이 없었다. 지루하기도 하고 호기심이 많은 남자는 자꾸 물었다. 나이가 몇 살이냐, 학교는 어디 나왔느냐 물어 와서 그 남자도 내 나이와 같고 국민대학교 공대에 다닌다는 것과 군대에 갔다 온 지 몇 달이 안됐다는 것, 서울에서 복할할 때까지 아르바이트해서 돈 벌어야 된다는 것을 알게 되었다. 기차 안에서 물건을 끌고 팔러다니는 사람이 가까이 오자 남자는 말했다.

"뭣 좀 드실래요."

"괜찮습니다."

"그러지 말고, 아저씨 찐계란하고 커피주세요.

사양하자 주문을 하고 돈을 냈다. 밤새 잠을 이루지 못하고 말동무하면서 밤을 같이 보낸 모르는 사람이 재미있었다.

서울역을 지나고 영등포역에서 내리니 이른 아침이 되었다. 나는 지리를 몰라 택시를 잡기위해 잘 가라 인사를 하고 승차하는 곳에 서 있었다.

잔금을 계산하려고 부동산에 먼저 들러야 했다

구로공단 역에서 얼마 떨어지지 않은 곳에 원룸이 있었다. 아침나절이 너무 이른 때라 근처에서 나오기를 기다렸다. 한참 후 마냥 기다릴 수 없어 공중전화박스에서 아저씨에게 전화를 했다. 전화를 받고 나오려는 참이었다면서 빨리 부동산 사무실에 출근했다. 나머지 돈을 주고 열쇠를 받았다. 아저씨가 원룸까지 따라왔다.

계단을 올라가 열쇠로 문을 열었다. 한쪽에는 주방 화장실 겸 욕실이 딸린 좁아서 혼자 살 수밖에 없는 공간이 나의 집이었다.

아저씨가 방을 둘러보고 다시 돌아가자 나는 방 청소부터 했다. 몇 시간의 청소가 끝나자 시장에 가서 사야 할 물건을 종이에 적기 시작했다. 점심때쯤 걸어서 중앙시장이란 곳을 물어 찾아갔다. 침대, 이불, 넉자짜리 옷장, 자그마한 냉장고, 솥, 냄비 등등 생활에 필요한 물건을 사서 배달을 시켰다. 몇 시간 시장을 둘러보고 시장기가 들어 떡볶이, 어묵, 순대로 늦은 점심을 먹었다.

방 정리를 하고 너무 피곤해 침대에 잠시 누워있었다. 나는 이렇게 독립해 홀로서기를 해 꼭 성공해야 한다고 다짐했다.

하루 종일 분주하게 움직여 피곤했지만 밤에는 잠을 이룰 수가 없어 늦게까지 뒤척이다가 나도 모르게 잠이 들었다.

새날이 밝아왔다.

간혹 차 소리만 들릴 뿐 고요한 아침이었다. 서울에서 맞이한 첫날이었다. 오늘은 영등포 구청에 발령받고 왔다고 신고하러 가야 한다.

아침을 커피와 계란에 파를 썰어 넣고 부치고 식빵으로 토스트를 만들어 음미하며 먹었다.

머리를 감고 드라이로 머리를 말렸다. 스킨과 로션을 바르고 칼라로션을 그 위에 발랐다. 화장을 한 듯 안한 듯한 청순한 이미지를 연출하고 집을 나섰다. 구청 건물까지 시간은 30분정도 걸렸다. 일층 서무과 인사계 그 옆에 민원실 인사과 계장님이 자리에 있었다. 그 쪽으로 갔다.

"안녕하세요. 발령받고 상경한 김경희라고 합니다."

"오느라고 수고했어요. 잠시 앉아 있어요. 과장님 오실 때까지 기다려요. 차나 커피는 셀프입니다."

한쪽에 응접실 의자가 마련되어 있는 그곳에 가 차를 마시며 앉아 있었다. 한참 기다리고 있었더니 인사과 과장님이 오셨다.

"과장님, 발령받고 온 김경희씨 저기 있어요."

"오, 그래요."

"안녕하십니까. 김경희하고 합니다." 다가와서 인사를 했다.

"수고했어요. 계장님, 서무과 문서계로 안내하세요. 내년 1월 2일부터 출근하세요. 이력서도 제출하고요."

"예, 알겠습니다."

인사계장님이 나를 데리고 문서계 사무실로 갔다.

"여러분, 새로 온 김경희씨입니다. 경희씨, 사회생활은 처음 일테니 모르는 것이 있으면 잘 물어보고 여러분은 잘 가르쳐 주세요. 내 임무는 여기까지, 잘 적응하도록 해요. 수고들해요."

창가쪽 제일 끝에 자리가 비어 있는 것이 눈에 보였다. 과장님 책상과 계장님 자리, 남직원 두 분, 여직원 책상이 넷. 인사를 하고 오늘은 그만 들어가고 시무식부터 출근하라고 계장님이 말하셨다. 나는 신고를 하고 구청을 빠져나왔다.

집에 돌아오니 시간이 점심때가 되었다. 쌀을 사가지고 밥을 지었다. 엄마가 싸준 밑반찬과 김치를 꺼내놓고 혼자서 밥을 먹었다. 외롭다고 느낄 여유가 없었다. 먹고 살기위해 생활전선에서 나는 굳건히 살아남아 미래를 위해 내 삶을 개척해야만 했었다. 거리에는 겨울바람이 세차게 불어왔다.

60년대부터 시작된 경제발전의 눈부신 성장을 피부로 느낄 수가 있었다. 많은 건물 등 높은 빌딩이 한 눈에 들어오고 한쪽에서는 지하철공사가 진행중이었다.

나는 이렇게 바쁘게 살아가는 사람들 속에 한사람의 일원이 되었다. 연말이라 그런지 많은 사람들이 깨끗한 옷차림으로 손에는 선물을 들고 빠른 걸음으로 사라진다.

서울에는 친척이 고모와 먼 당숙, 나를 구청에 소개시켜준 분과 왕래가 없는 할아버지, 조카 등이 살고 있다. 나는 친척들이 나에게 신경 쓰지 않도록 하기위해 찾아가지 않았다.

나는 부모님께 걱정하지 말라는 전화를 했다.

"엄마, 오늘 구청에 신고하고 자리를 확인하고 왔어요."

"그래, 이젠 넌 내 품을 떠났어. 무슨 일이든 너 혼자 알아서 결정해야 해. 이제 너는 성인이니까."

"네, 알겠어요. 아버지 퇴근하지 않았을텐데 저 잘 있다고 말씀

해주세요. 그리고 앞으로도 꿋꿋하게 잘살겠어요."

전화를 끊고 창가를 바라보았다. 그런데 가을에 볼 수 있는 은행잎, 마지막 잎새가 날아와 가만히 창가에서 소곤거리고 있었다. 그 잎새를 주워 책갈피에 꽂아 놓고 생각에 잠겼다. 지금은 가을의 낙엽에서 풍기는 향기가 가시고 추운겨울로 향하는 잿빛 하늘가에 눈발이 날린다.

며칠이 지나 나는 남대문시장에 구경도 하고 옷을 사기위해 전철을 타고 서울시청 앞에서 내렸다.

번화한 거리를 천천히 걸어 남대문시장으로 들어갔다. 많은 인파속을 한무리가 되어 예쁘고 세련된 옷을 보고 가격을 묻고 돌아다녔다. 너무나 많은 옷들이 걸려있고 자리에 놓인 물건들… 싸고 좋은 옷감에 멋있는 디자인을 골라 흥정하였다.

돈을 내고 거스름돈을 받았다.

"수고하세요. 많이 파세요."

"언니, 다음에 또 와. 많이 싸잖아."

서로 덕담을 하면서 넓은 시장을 몇 바퀴 돌고나니 배가 고팠다. 점심을 먹으려고 음식점에 들어갔다. 메뉴가 많고 가격은 비슷했다. 혼자 용감히 돈가스를 시켰다. 포크와 칼로 잘라서 하나도 남김없이 왕성한 식욕으로 접시를 다 비웠다.

옷은 투피스 스커트와 바지 이렇게 두 벌을 구입했다. 예전에 추울 때 입은 파카코트는 가져와 입고 목도리와 장갑도 샀다.

오후 네 시면 가게문을 닫고 새벽에 문을 여는 바쁘게 살아가는 사람냄새가 물씬 나는 서울의 한가운데였다. 다사다난했던 한 해가 저물어 간다.

크리스마스 때는 눈이 내리지 않았는데 해가 바뀌는 마지막 밤에 함박눈이 펄펄 내린다.

하얀눈이 밤새 내린다. 커피를 탄 컵에 끓인 물을 넣고 스푼으로 저었다. 조그마한 방 안에 커피향기가 그윽하게 퍼져나간다. 나는 어떻게 무엇을 하며 살아가야 하나?

곰곰히 생각에 잠긴다. 공무원을 본업으로 하고 내가 잘하는 것을 개발하여 발전시켜 나가야겠다.

사람은 여자나 남자나 능력이 중요하다. 이 밤이 다하도록 하나님 능력주시라고, 많은 은혜를 온누리에 내려주시라고 기도한다.

엊그제 전파사에서 흑백TV를 사왔는데 12시 자정이 되자 서울시장과 여러인사들이 나와 제야의 종을 친다. 서른 세 번의 종소리가 멀리멀리 퍼져나간다.

나에게는 새로운 세상을 개척할 수 있는 기회가 찾아왔다. 지금까지 살았던 것들을 추억으로 생각하고 젊음을 밑천으로 고생을 해서 무에서 유를 창조할 수 있는 그러한 인간으로 거듭날 수 있도록 도와주소서 하고 기도를 했다.

ㄹ. 취직

　새해 이튿날 첫출근을 하고 자기소개를 당차고 자신감있게 했
다. 한번 심어주었으면 책임감있게 자기 일에서 성공할 수 있는
기틀과 기반을 잡기 위해 어떠한 어려움도 헤쳐나간다는 것을 생
활신조로 삼았다. 나는 여기서 주저앉을 수도 없고 낙오자로 추
락할 수도 없다. 사회에서 꼭 필요로 하는 사람, 잘된 사람으로
인정받고 싶다. 거센 눈보라가 부는 정월의 바람은 너무 차가웁
다.

　여섯 시에 퇴근해 전철을 타고 집에 돌아오면 아무도 없는 빈
방에 어둑어둑 어둠이 짙어온다. 불을 켜고 옷을 벗고 잠시 침대
에 누워 휴식을 취한다. 그리고 밥을 짓는다. 아무도 찾아오지 않
는 나만의 집에서 자유를 즐긴다.

　TV를 보다가 노트에 일기를 쓰고 열한시경에 잠을 청한다. 불
을 끄고 가만히 누워있는데 처음으로 과장님 얼굴이 떠오른다.

　몇 번째 보고 모르는 남자인데 자꾸 생각이 난다. 잘생긴 코, 쌍
꺼풀이 없는 지적인 눈, 목소리가 매력적인 입술을 생각하다가

나도 모르게 잠이 든다.

기혼이 아니고 아직 미혼이라고 사무실에 아가씨가 넷인데 인기가 대단히 많아 다들 좋아한다. 그런데 잘생긴 데다가 행정고등고시 출신이라면 며느리감도 조건이 좋아야 집에서 찬성이지 반대할 것이 분명하다고 다들 추측하고 있다.

환심을 사기위해 박봉인데 멋부리는데 투자를 많이 한다. 세 분 남자직원은 9급부터 시작해서 사무관이 아닌데 사십대이다. 삼십인 젊은 과장님을 모시고 일하기 때문에 긴장을 하고 있다.

가장 추운 정월달, 나는 새로운 세상에 잘 적응해갔다. 엄마가 월급탈 때까지 쓸 수 있는 돈은 챙겨줬다. 꼭 사야 할 것만 사고 소비는 최소한 줄여서 너무 힘들었다. 나는 혼자 살기 시작하면서 현실에 눈을 떴다. 금전이 없으면 아무 것도 할 수 없다는 것을 예전에는 미처 몰랐다. 삶의 질을 높이려면, 하고 싶은 일을 자유롭게하고 살려면 경제가 뒷받침이 되어야 한다는 것을 알았다.

새아침이 밝아왔다. 머리를 감고 드라이기로 말렸다. 산뜻하게 화장을 하고 커피와 빵으로 아침을 먹은 뒤 출근했다.

"좋은아침!"

"안녕하세요."

서로 아침인사를 하고 종이컵에 커피와 차를 마시면서 대화를 한다. 우편으로 보내온 공문을 뜯어서 분류한다. 컴퓨터가 나오기 전이라 손으로 직접 써서 접수대장에 접수를 했다.

"오늘 월급날인데 다들 회식이 있어요." 서 계장님이 말하셨다.

직원들은 자기가 맡은 일에 충실히 일을 해 나갔다. 나는 일을 배워가는 초보지만 빨리 습득하기 위해 노력을 했다. 하루가 바쁘게 지나갔다. 해가 빨리지기 때문에 다섯 시가 퇴근시간이었다. 우리 사무실 직원 여덟 명이 다섯 시가 조금 지나서 구청에서 가까운 음식점에 문을 열고 들어갔다. 종업원이 여덟 명이 앉을 수 있는 방으로 안내를 하였다.

회를 전문으로 하는 횟집이었다. 특별코스로 팔인 분 주문을 하고 음식이 나오는데 계장님이 말하셨다.

"오늘은 특별히 김 경희씨를 위해 만든 자리입니다. 새로 들어온 것을 환영하는 의미에서 직원들과 자연스럽고 빨리 익숙해질 수 있도록 친절하게 도와주세요."

"여러모로 부족한 점이 많은데 잘 적응해서 제 일은 제가 잘 할 수 있도록 많은 부탁드립니다."

"과장님도 한 말씀 하시지요."

"서로서로 돕고 사무실 분위기가 좋아서 일하는데 재미가 있도록 그냥 사무적인 딱딱한 틀 권위의식만 내세우지 말고 인간적인 정을 느낄 수 있도록 합시다."

말하는 사이 음식이 다 들어와 차려졌다. 먼저 맥주를 따서 잔에 서로 따르고 건배를 하였다.

"새해 복 많이 받으세요. 건강하세요."

서로 덕담을 나누면서 음식을 먹기 시작했다. 회는 큰 접시에 가득 나오고 코스별로 다른 음식도 따라나와 맛이 좋고 푸짐해서 오랜만에 나는 배가 부르도록 많이 먹었다.

술도 맥주에다 소주를 마시고 음료수 등 폭탄주를 만들어서 마시고 취했는데 노래방까지 가서 또 마시고 노래도 불렀다. 그때 그 당시 유행했던 '인생은(사랑은) 미완성' '사랑은 연필로 쓰세요' '행복' '편지' '사랑이여' '불씨' 등등 부드러운 선율의 발라드 곡이었다.

트로트를 부를 나이는 아니었고 토요일 밤 프로에 나오는 인기 있는 노래를 흥얼흥얼 따라 부를 정도였다. 다음날이 주말이라 부담없이 일차 이차까지 먹고 마셨다. 배지연 양과 신현미 양은 집이 가까웠고 이소라 양은 부산인데 구청 근처에서 자취를 하였다. 계장님과 두 분 주사님도 영등포구 가까운 거리에서 살았다. 성준혁 과장님은 여의도동에서 부모님과 같이 사시는데 너무 늦은 시간이라 나를 바래다준다고 술을 마시지 못하는데 많이 취한 사람이라 어찌 할 수 없다면서 말했다.

"다들 집에 들어가세요. 경희씨는 내가 집까지 바래다 줄 테니까."

승용차는 주차장에 주차해놓고 택시를 잡았다.

과장님은 혼자사는 나의 방까지 데려다 주었다. 과장님이 돌아간 줄도 모르고 침대에 눕자 곯아 떨어져서 잠을 잤다.

내일 아침에 출근준비를 하지 않아도 된다는 긴장감이 풀려서인지 잠을 오전까지 잤다.

점심때가 되어서 일어나 정신차리고 속풀이로 라면을 끓였다. 계란도 하나 넣어서 몸보신 할 게 없어 먹었다. 국물을 그릇에 따라 조금씩 마시고 나니 속이 풀렸다.

음악이 듣고 싶어졌다. 그런데 녹음기가 없어 듣지 못하고 텔레비전을 켰다. 누워서 텔레비전 프로를 시청하였다. 그냥 휴식을 취하면서 토요일을 보냈다.

누군가 그리운데 어렴풋하게 생각을 한다. 나를 찾아와 주고 방문해 주었으면 하는 바램이 하나 생겼다.

지난 구정 때 광주에 내려갔었다.

광주행 새마을호 기차표를 구할 수 있었다. 차를 기다리지 않고 시간에 맞추어 나가서 네 시간 걸리는데 편하게 다녀왔었다. 보고 싶었던 가족과 따뜻한 떡국 맛있는 음식을 먹고 이것저것 엄마가 싸주어서 가지고 왔었다.

평화로운 일상으로 돌아와 근무에 충실히 잘 다니고 있었다. 돈이 없어 고생을 했는데 월급과 보너스가 나와 조금 나아졌다. 적은 박봉으로 어떻게 기반을 잡을 수 있을까. 다른 일을 할 수 없을까 하는 현실적인 생각으로 고민을 하기 시작했다.

점심을 먹고 여직원들이 커피를 마시면서 수다를 떨고 있다. 다들 결혼정년기는 아니지만 이십대 중반이다. 결혼상대자를 보는 눈은 정확하고 현실적이다.

"과장님 넥타이가 멋있지 않아? 어제는 연분홍빛 와이셔츠에 체크무늬 넥타이였는데 오늘은 하늘빛 와이셔츠에 물방울 넥타이야."

배양이 과장님 옷차림을 자세히 관찰하고 말을 한다.

"자세히도 보았다. 나는 관심만 있을 뿐 건성으로 보았는데."

"계장님이 기차표를 구해주어서 편하게 고향에 갔다 왔어요."

"나도 구해주셨지. 경부선 타고 부산 갔다 왔지."

점심시간이 끝나고 다시 일을 한다.

남자직원들도 들어와 자리에서 결재도장을 찍기 전에 검사를 한다. 문서처리는 구청 문서계를 모두다 통과해야 공문 발송된다.

하루일을 마치고 퇴근한다. 나는 누가 기다리지도 않는 집에 꼬박꼬박 정확한 시간에 들어간다. 밥을 해 먹고 TV드라마도 보고 뉴스시간에 뉴스도 본다.

겨울바람이 세차게 불고 눈보라가 거세게 부는 밤에도 나는 무엇인가를 생각하며 열심히 살아간다. 일찍 잠이 들고 아침에 깨우는 사람없이 스스로 알아서 일어나 출근준비를 하고 사회로 나간다.

날씨가 풀린다. 칼날 같은 추위가 입춘이 지나더니 조금씩 견딜수 있을 정도이다. 봄을 재촉하는 겨울비가 소리없이 내린다. 겨울잠을 자는 생물들은 잠에서 깨어나 기지개를 펴고 이리저리 돌아다니면서 봄이 온다고 소식을 전한다.

나는 구청직원들과 대화도 잘하고 사무보는 안목을 익히면서 잘 지낸다. 집에서 가져온 된장으로 냉이와 애호박을 넣어서 된장국을 끓인다.

엄마가 해준 음식을 먹기만 했지 해보지 않았는데 서울에 살면서 간단히 할 수 있는 김치찌개나 된장국은 단골메뉴이다.

꽃피우는 봄을 시새워 찾아오는 꽃샘추위도 매서운 바람과 같이 온다.

오늘은 퇴근시간이 지나서 사무실에서 나왔다.

선망의 대상, 저런 사람과 평생 같이 할 수 있다면 얼마나 좋을까, 좋은감정으로 다가가고 싶은 사람, 과장님이 승용차를 타고 내 앞에 섰다.

"타세요. 집에까지 바래다 드릴테니까."

나는 문을 열고 과장님 옆에 탔다. 안전벨트를 메어주었다.

"술 마시러 갈래요. 한 잔 하고 싶은 날인데 옆에만 있어주면 되요."

나는 과장님이 싫지 않았다. 같이 있고 싶었다. 그런데 친절한 과장님이 데이트를 신청해 온 것이다.

공단역 번화가 술집에 따라 들어갔다. 양주코너에 앉아서 양주를 따랐다. 홀짝홀짝 달콤한 양주를 마시기 시작했다. 독한 양주를 따라 주는대로 마시고 또 마셨다.

잘 마시지도 못하는 술을 많이 마시고 나니 몸을 가눌 수가 없었다. 과장님도 많이 마셔 취했지만 걸을 수 있을 정도였다. 열두 시가 되어 술집에서 나와 집으로 부축해서 들어왔다. 그런데 술기운인지 내가 섹시한 여자로 보여 갑자기 안고 싶은 충동이 생겼나보다. 침대에 쓰러져 있는데 옷을 벗기기 시작했다.

술 때문인지 자기가 하는 것이 어떤 것인지 모를 정도였다. 본능적인 욕구를 표출했다. 남자구실을 열심히 했다. 욕망을 다 채우고 나니 지치기 시작했다. 사정을 하고 끝마무리를 하고 시간을 보니 새벽 세 시가 훌쩍 지났다.

잠을 자고 있는 나를 그대로 두고 옷을 입고 술이 깨어 승용차를 타고 집으로 돌아가 버렸다.

나는 느낌이 이상하여 술기운이 가시자 깨어났다. 그런데 아래 중요한 곳에 바람이 들어가고 끈적끈적한 무엇인가 불쾌감이 들었다. 나는 그때 '처녀막이 터졌구나, 과장님하고 관계를 가졌구나.' 생각을 했다.

생리할 때가 지났는데 생리를 한다. 학교에서 생리하기 전후로 일주일은 배란이 되지 않는다는 것을 배워서 알고 있다. 자기욕심만 채우고 책임은 지지 않는다. 즐기기만 한다는 뜻인데 구청에 다니지 않고는 내 처지 내 경우에는 안되는데 어떡하지 고민이 생겼다.

나는 화장실에서 더운물로 샤워를 했다. 긴 타올에 세수비누를 묻혀 거품을 내어 온 몸을 닦았다. 수건으로 물기를 닦고 감은 머리를 드라이기로 말렸다. 한 시간 가량 몸단장을 했다. 그리고 몇 시간 잠을 더 청해서 잤다. 따끈한 물로 피곤이 풀리면서 개운한 기분이 감칠맛 나게 좋아졌다. 나는 근무한 지 두 달이 안 되어서 몸을 뺏겼다.

그렇지만 아무 일도 없는 것처럼 태연하게 잘 다녔다. 언제 어느 때 또 그런 일이 되풀이 될줄 몰라 피임약이 아닌 콘돔을 사가지고 준비하고 다녔다. 나는 자립을 하였다. 내가 성공하기까지 이런 난관에 부딪쳤지만 슬기롭게 헤쳐나가야겠다.

봄이 오는 길목에 서서 봄바람이 살랑살랑 치맛자락 스커트를 타고 몸 속으로 구물구물 기어 들어온 것 같았다. 따뜻한 봄햇살을 받고 나뭇가지에 물이 오른다. 땅 속에서도 씨앗을 품은 거대한 봄기운이 온천지를 휘감아 흘러나온다.

봄은 나의 곁에 왔는데 아지랑이 피어오른 것처럼 현기증이 나서 구토를 했다. 생리는 제때에 하는데 무엇에 홀린 기분으로 상상으로만 생각하는 성이 아주 가까이에서 위협을 하고 있다. 과장님은 눈치만 보고 사무실 여성하고는 말을 아껴서 한다. 나도 가급적으로 눈을 마주치는 것은 피하기만 한다. 누가 알아볼까봐 조심을 하고 또 한다.

몇 번의 꽃샘추위가 물려가고 공원에는 개나리꽃이 먼저 피었다. 서울에 와서 맞이하는 첫 번째의 봄날이 나를 힘들게 한다. 그저 잘 다니기만 하면 되겠지 하는 생각은 오산이었다. '어떻게 하지? 어떻게 하면 되지?' 자꾸 생각을 하지만 가만이 나도 따라서 즐기면 될까? 아무튼 하는 대로 두고보자. 성인이니까 적당한 선에서 어떻게 마무리하겠지.

이런 식으로 저질러 놓고 사과를 해오지 않고 자연스럽게 대하는 그 사람은 고도의 술법이다. 가급적이면 사무보는 일에서 남에게 물어보지 않고도 잘 할 수 있게 정신을 바짝 차리고 배웠다. 마시지 못하는 술은 되도록 마시지 않았다.

봄비가 소리없이 가냘프게 내린다. 봄비를 맞으며 녹색은 더 짙은 녹색으로 옷을 입는다. 이슬을 머금은 이파리가 대롱대롱 맺혔다. 비가 개인 날 맑은 아침에 오색찬란한 무지개빛이 반사되어 온 세계가 빛이 난다.

영등포공원에 여러 가지 꽃이 피려고 꽃망울을 머금었다. 나는 잠시 머리를 식히기 위해 공원을 산책한다. 향긋한 내음새가 피부에 닿아 기분이 상쾌해진다. 살아가자면 이런 저런 일 다 겪게 되는 것이 인생이겠지. 꼭 좋은 일만 있는 게 아니고 꼭 나쁜 일만 있는 것이 아니다.

나는 내 인생의 발전을 위해 어떠한 고난도 이겨나가야 한다. 다짐을 하고 단단한 각오도 새롭게 한다.

봄이 한가운데 왔는데 허전한 마음을 달래려고 텔레비전에서 흘러나오는 음악을 감상하고 있는 늦은 밤 문을 노크하는 사람이 있었다. 누가 찾아올 사람이 없는데 "누구세요?" 하였다.

"나예요. 성준혁." 술 냄새가 풍겼다.

"아니, 과장님 아니세요. 어떻게 오셨어요."

"들어가도 되요? 할 말이 있어서 왔소."

"들어오세요." 마음속으로 기다리고 있었기에 망설임 없이 허락을 했다.

"커피 하실래요."

"예."

커피물을 올려놓고 컵에 커피를 탔다. 물이 끓자 물을 컵에 적당하게 붓고 스푼으로 저었다. 커피향기가 좁은 방에 가득히 냄새가 좋았다.

"커피를 내 방식대로 탔는데 입에 맞을지 모르겠네요."

"좋네요." 한 모금 마시더니 말을 했다.

"형식적인 틀을 생각하지 말고 젊음을 즐깁시다. 결혼이니 뭐니 그런 것 생략하고 자유를 만끽해요. 성인이잖아요."

"나는 과장님의 말은 어려워서 알아들을 수가 없네요. 아무 생각없이 지금 순간을 즐기자는 말이에요."

"그렇소."

나는 가슴이 두근두근 거리고 심장이 벌렁거렸다. 온 몸이 떨려왔다. 과장님이 바라보는 시선은 동물적인 본능을 충동질하는 욕구를 채우고 싶어하는 강렬한 눈빛이었다. 하나하나 옷을 벗었다. 나의 옷도 벗겼다.

"참지 못하겠소. 나 하는대로 놔둬요."

"……."

나는 말을 잊은 채 숨을 바삐 몰아쉬면서 거부하다가 받아들였다. 몇시간 배고픔에 지친 늑대처럼 허기를 채우고 또 채웠다. 몸은 두 몸이 하나가 되었다. 너무나 강한 상대였다. 잠은 자지 않고 자기 볼일이 끝나자 새벽이 오기 전에 가버렸다.

"다음에 또 오겠소."

하고 말을 남긴 채 종종 걸음으로 사라졌다.

나는 긴 잠을 청해 자기 시작했다. 내일은 토요일이라 출근하지 않아도 되기 때문에 현실을 잊고 싶었다.

나의 감정은 기쁜 것도 아니요, 슬픈 것도 아니었다. 남녀란 이런 것이구나, 이런 것을 평생하면서 살아가는구나. 성에 대한 눈을 떴다. 하고 나면 허전한데 왜 이런 것을 하는 것일까.

그뒤에도 과장님은 금요일이면 와서 한 차례씩 욕구를 충족시켰다. 사랑한다는 고백은 하지 않았다. 그냥 즐기자가 전부일 뿐, 출세를 위해 가는 길은 막지 말아달라고 요청을 했다. 나는 고개를 끄덕이고 아무런 말을 하지 않았다.

아침에는 빵과 커피 점심은 구내식당에서 먹고 저녁은 내가 해서 혼자서 밥을 먹었다. 과장님은 나하고 나란히 밥은 먹지 않았다. 깊이 정이 들면 헤어지기 힘드니까. 우리의 만남은 헤어진다는 것을 전제로 하는 그런 식의 계산이 깔린 것이었다.

봄은 나도 모르게 왔다가 여러 가지 꽃을 피우고 짙은 이파리만 남긴 채 나도 모르게 가버렸다.

시원한 바람이 피부에 스치면 기분이 좋아지는 초여름이 왔다. 낮에는 출근해서 사무를 보고 밤에는 황홀한 성에 빠져 딴 세상에서 사는 동안 시간은 빠르게 흘러갔다.

"계장님 언제부터 휴가에요?" 소라양이 물었다.

"휴가는 7~8월이예요. 여자분부터 나이순으로 7월초부터 돌아가면서 쉬면 되요."

"예, 알겠습니다." 모두 대답했다.

"경희씨, 시골에 가겠네요."

"예, 소라씨도 가겠네요."

"1년중에 휴가철이 아니면 친구들을 만날 수가 없어요. 친구들 보고 그동안 회포도 풀고 재미있게 놀다 오려구요."

"처음으로 휴가받아 나도 친구들 만나고 와야겠네요."

옆자리에 있는 소라양과 잠시 이야기하면서 일을 했다. 아직은 덥지 않은 기분좋은 날씨가 계속 이어진다. 나는 서울에서 사는 몇 개월동안 비싸고 좋은 명품은 아니지만 실용적이고 색상이 좋은 세련된 멋쟁이로 변해있었다.

과장님은 휴가를 같이 보내자란 말은 하지 않았다. 한편으로 함께 여행가자 말을 기다렸는데 서운했다.

나는 어느날 토요일 동대문시장에 줄지어 있는 백화점에 선물로 식구들 옷을 사러갔다.

치수는 다 알고 있기 때문에 색상이 좋고 실용적인 옷을 고르기 시작했다. 의식주 중 제일 싼 것이 옷이었다.

백화점에 걸어진 옷은 먼저 한번 골라 디자인도 좋고 옷감이 좋은 것으로 진열되고 나머지 옷은 동대문 남대문 시장으로 나오는 옷들로 백화점이나 시장이나 별 차이없이 다 좋은 옷들이다. 잘만 고르면 시장에서 싸게 살 수 있다.

아버지 와이셔츠와 바지, 경실이 청바지와 티, 엄마 옷도 예쁜 것으로 샀다. 나의 옷도 스커트와 바지 티 등 여러 가지를 저렴하게 사서 전철을 타려면 걸어야 하기 때문에 동대문 종점에서 버스를 타고 집으로 돌아왔다.

이 정도로 휴가 갈 준비를 다해두었다.

유월 하순부터 장마가 시작되었다. 비가 많이 내렸다. 자주 내린 비 때문에 우울증이 생길 정도였지만 녹음기에 음악이 좋은 테이프를 감상하고 머릿속에 좋은 일만을 생각했다. 하루종일 굵은 장대비가 주룩주룩 내린다.

세속에 찌든 마음을 닦아내듯 시원한 빛줄기가 정화제 역할을 했다. 하늘에서 구멍이 뚫린 것처럼 집중호우로 피해 입은 지역도 속출했다. 나는 되도록이면 외출을 삼가고 퇴근하면 곧 집으로 돌아와 밥을 먹고 일찍 수면에 들어갔다. 나는 휴가 가는 날이 기다려졌다. 광주를 떠나온 지 7개월이 되어 가는데 오래도록 객지에서 외로움을 벗 삼아 자유스럽게 사는 것이 습관이 된 것처럼 익숙해졌다.

그렇지만 나는 어떤 경쟁에서도 낙오자가 아닌 인생의 강한 승자가 되기 위해서 어떤 고난도 감내할 수 있어야 한다는 것을 새삼 깨달았다. 그리고 나는 멋진 인생을 개척해서 잘 살아야 한다고 굳게 다짐했다.

3. 연모

땡볕더위가 온 대지에 내려와 지구는 더워졌다. 이글이글 타는 태양은 모든 것들을 집어 삼킬 듯이 용광로처럼 활활 타올랐다.

청포도가 익어가는 남도 지방 7월은 주저리주저리 열매가 탐스럽게 열렸다.

나는(7월말 8월초) 한참 더울 때 휴가를 받아 가족만날 설레임으로 강남 고속터미널에서 광주행 고속버스에 몸을 실고 달리고 있다. 밖은 더운데 고속버스 안은 에어컨이 들어와 견딜 수 있을 정도로 제법 시원했다. 창 밖으로 바라보는 들과 산은 짙은 초록색으로 옷을 입고 태양볕으로 남국의 바람을 놓아 이마의 땀방울을 닦아 주었다. 농부들이 밀짚모자를 쓰고 논에서 김을 매고 있었다. 한 폭의 그림 같은 전원의 풍경이 눈앞에 펼쳐졌다.

강렬한 햇볕이 지구를 내려 쪼이고 산과 들의 열매들은 알곡으로 여물어 갈 수 있도록 알맞은 온도와 환경을 만들어가는 자연의 섭리에 경의를 표해왔다.

오늘은 그 놀라운 기적을 몸소 체험하는 현장을 달리는 차창

안에서 보고 느끼는 시간이 되었다.

경부선을 두 시간 달렸다. 쉬는 시간에 휴게소를 들렀다. 볼일을 보고 시원한 아이스크림과 물을 사가지고 돌아와 자리에 앉아서 먹었다.

그런데 네 시간 걸리는 시간이 지루하지가 않았다. 정겨운 고향 광주에 도착했다. 택시를 타기 위해 줄을 섰다. 나는 한걸음에 달려 집으로 들어갔다.

"엄마, 경실아, 나왔어. 그 동안 잘있었어?"

"경희야, 회사는 별일없이 잘 다녔느냐. 얼굴 좀 보자. 밥은 잘 먹고 다녔어? 햇볕에는 타지 않아서 하얗구나."

"언니, 구청 다니는게 재미있어?"

"재미로 다니니 먹고 살기 위해서 책임감으로 다니지."

거실에 앉아 그동안 못다한 말로 몇 시간 수다를 떨었다. 엄마가 주스와 수박을 내와 먹으면서 이렇게 만날 수 있어서 행복했다. 기분이 너무 좋아 그동안 고생한 것들이 한순간에 날아갔다.

"네가 여름이면 잘 먹던 콩국수하려고 한다. 콩 삶아서 식혀났어."

"엄마가 해준 것은 다 맛있어요. 땅콩도 넣으면 더 고소하겠네."

"다 준비해뒀다. 아버지 오실 때 국수 삶아야겠다."

"오늘 쉬는 날인데 아버지 어디 가셨어요?"

"일이 바빠서 출근하셨다. 휴가철이라 남은 사람은 일을 해야지."

엄마는 일찍 저녁준비를 하셨다. 콩국수, 내가 좋아하는 잡채,

열무김치 등등 몇가지 음식을 차릴 때 아버지가 오셨다.

"아버지 그동안 잘 계셨어요?"

"오냐, 어떻게 잘 적응하고 다니는지 걱정했는데 서울 한강물이 좋기는 좋은가 보다. 더 예뻐졌네."

아버지는 대견해하시면서 좋아하셨다. 저녁상에 둘러앉았는데 호진이만 빠졌다.

"호진이는 군대가서 군복무 열심히 잘한다고 편지가 왔다. 걱정하지 말라고 하면서."

"남자니까 씩씩하고 용감하게 잘할 거예요. 그렇게 믿어요. 아버지는 중년이니까 운동좀 하세요."

"알았다. 자 먹자."

오랜만에 엄마가 해주신 밥을 맛있게 배가 부르도록 먹었다. 집이 포근하고 너무 좋아 아무 일없이 다치거나 사고 없이 식구들을 볼 수 있어 다행이었다.

내일은 가족들끼리 무등산장 옆에 흐르는 계곡으로 피서 가자고 했다. 시원한 물에 발을 담그고 삼계탕으로 몸보신 하고 하루만 쉬었다 오자고 계획을 세웠다.

나는 내방에서 일찍 잠자리에 들었다. 서울에서 만난 성준혁씨가 생각났다. 하루를 보지 않았는데 보고 싶다.

그러나 나의 남자가 아니다. 잠시 머물다 떠날 바람인 것이다. 밤늦게까지 뒤척이다 잠에 빠져들었다. 모든 것을 갖지 않으려고 마음이 비워지자 피곤한 몸에 잠을 잘 수 있었다.

한여름 밤은 낮에 뜨거워진 열기가 식혀지지 않아 열대야가 일어난 곳이 많다. 우리 집은 남향으로 시원한 편이라 선풍기를 미풍으로 틀어놓아도 알맞게 시원함을 즐길 수가 있다.

남녀 간의 친구는 우정이 존재할까? 하는 의문이 문득 들었다.

생각에 생각을 거듭해도 내가 취직해서 겪은 일 때문인지 남녀 간의 우정이 존재하지 않는다고 생각한다.

오랫동안 만나다보면 우정이 변해 사랑이 된다고 믿고 있다. 남녀란 때론 가깝고도 멀기도 한 존재다.

나는 이제 사회인이고 성인, 남자에 빨리 눈떠버린 그로인해 무슨 일이 닥치면 나에게 이익인지 손해인지 빨리 계산하는 그렇게 해서 대처해 나가는 세상 사람들 중의 한 사람이다.

새날이 밝아왔다. 아침부터 강렬한 태양볕이 이글이글 거렸다. 여러 가지 준비를 하고 간단하게 아침을 먹었다. 승용차를 타고 무등산장에 주차를 하였다. 물놀이를 하고 갈아입을 옷, 수박과 복숭아 등 먹을 것 등을 챙겨들고 계곡으로 올라갔다. 계곡의 시원한 물에 발을 담그고 휴식을 취하니 그동안 쌓였던 스트레스가 확 풀렸다.

무등산장옆 음식점에서 삼계탕을 먹고 구청에 다니면서 어려웠던 일, 지금은 다들 잘해준다는 이런저런 얘기를 나누면서 재미있게 놀다가 다섯 시경이 되어 집으로 돌아왔다.

편안한 집에서 가족과 함께 보내고 서울에 올라오기 전날 밤 친구들에게 전화만 하고 만나지는 않았다.

친구들과 내가 가야 하는 길이 다르기 때문이다. 혼란이 오지 않게 간단히 안부만 묻고 전화를 끊었다.

홀가분하게 심신을 재충전하는 시간을 갖고 다시 서울의 조그마한 나의 집에 올라왔다.

가을이 온다고 알리는 처서가 지나면서 아침저녁으로 제법 시원한 바람이 불어왔다. 한낮에는 삼십도가 넘는 늦더위가 여전하지만 그늘 아래서는 더위가 누그러져 한풀 꺾인다.

나는 일기 쓰기를 좋아해서 한 때는 문학소녀였던 추억이 많아 전철을 타고 시청 앞에 내려 교보문고 쪽으로 걸어갔다. 사람들이 많이 다니는 광화문거리를, 꿈속에서 가고 싶었던 그 거리를 현실 속에서 걷고 있는 나의 모습이 신기했다. 스치고 지나가는 많은 인파 중에 과장님과 같이 데이트하고 싶었다. 그런 추억은 없고 몸과 몸이 뜨거웠던 생각뿐 지금 원하는 것은 같이 있고 싶다는 것뿐이었다.

휴가가기 전부터 나를 찾아오는 것은 한동안 뜸했다. 방문해오기를 기다리는데 좀처럼 밤에 나타나지 않는다.

나는 혼자서 광화문 우체국에 들어가 엽서를 쓰고 있다. 학교를 같이 다녔던 친구들에게 몇 장을 써 부쳤다.

경복궁 그 쪽에는 삼엄한 분위기로 보초를 서고 있었다. 그 쪽 길은 건너지 않고 돌아와 교보문고에 들어갔다. 그 많은 서적이 분류별로 진열해 놓았다. 책을 골라 읽고 싶은대로 읽다가 작가와 내용이 마음에 들어 소설과 시집을 두 권씩 샀다. 계산을 하고 교보문고 안이 너무나 넓어 몇 바퀴 돌아다니다가 나왔다.

허기진 마음의 양식을 조금 채우고 시장에 들러 육체적인 양식을 먹기 위해 소세지, 돼지고기, 김, 계란 등을 사가지고 집에 돌아와 요리를 하기 시작했다.

소세지를 조금 썰어 계란을 풀어 지지고 돼지고기는 잡냄새 제거로 소주 약간 김치를 넣어 김치찌개를 해 조촐하게 상을 차려

식사를 했다.

누구를 위해 만든 저녁상이 아닌 내가 생존하기 위해 최소한의 영양분을 섭취한 것이다. 그리고 텔레비전을 보고 음악도 듣고 자유를 즐기고 있는데 문을 노크하는 사람이 있었다. 과장님이 불쑥 들어왔다. 커피를 마시며 말을 하였다.

"이제는 못 올 것 같소. 어머니께 결혼하고 싶은 여자가 있다고 내가 책임을 져야 할 사람이 있다고 말했는데 어머니가 완강하게 반대를 하오. 아버지도 결사코 그런 며느리는 보지 않겠다고 하시고. 생각을 많이 했는데 우리가 더 이상 만나지 않아야겠다고 결론을 내렸소."

"……."

나는 아무 말도 하지 못했다. 그 사람 앞에서는 내가 왜 이리 작아지는지 내가 해줄 수 있는 것이 아무것도 없는 빈손이라는 것, 능력이 없는 나 자신이 견딜 수가 없었다.

"나를 잊어버리고 나보다 더 좋은 남자 만나서 잘살아요. 젊음을 불태우고 인생관이 바뀌어서 나를 출세시키는데 뒷바라지를 잘 할 수 있는 여자를 만나라고 부모님이 말씀하신 뜻에 따르려고 하오."

"붙잡지도 않고 매달리지도 않아요. 한 때 좋아했던 기억은 마음속에 남아있는 추억으로만 생각합시다."

"그만 안녕히 가세요."

"마지막으로 한 번 안아보고 싶소. 아프지 말고 잘 지내요."

마지막 인사를 하고 기약 없이 뒤도 돌아보지 않고 그냥 뚜벅뚜벅 걸어서 가버렸다.

정신적인 사랑보다 육체적인 사랑을 먼저 시작한 것이라 상처를 입었지만 빨리 회복하리라. 그냥 어디에 부딪쳐서 타박상이나 조금 입은 것이다라고 마음속으로 내가 나 자신을 위로하고 있었다. 그날 밤은 다시 과장님을 가까이에서 얼굴을 볼 수 없다는 생각에 오래도록 잠을 뒤척이다가 새벽녘에 잠이 들어 토요일 점심때가 되어서 눈을 떴다. 푹 자고 잠에서 깨어나니 눈부신 햇살이 나를 비추어 주고 있었다. 너무나 아름다운 가을햇볕, 눈이 시리도록 높고 맑은 하늘, 창공을 나르는 새, 이런 자연이 나를 기다리고 있었다. 몇 달 동안 마음의 눈으로 보지 못했던 것들이다.

열어놓았던 창문으로 가을의 향기가 날아오는 것 같은 느낌이 상쾌하였다.

평생을 같이 하기로 다짐하는 특별한 만남이 아니면 언제인가 떠날 것이라는 헤어짐을 준비해야 한다.

그다지 그분에게서 깊은 정이라는 사랑, 자상함 같은 것을 느껴보지 못한 것이리라. 이렇게 정리하며 마음을 훌훌 털어버리는 데에 시간이 많이 걸리지 않았다. 사귀는 시간이 짧다보니 과장님이 낯설었고 사귀는 것도 자연스럽지도 않았다. 어설프다는 느낌밖에 없었다.

그러나 내 마음속에는 과장님을 내 남자로 갖고 싶은 욕심이 따로 있었다. 이제는 같이 밤을 새우는 일은 없을 것이다.

그 분은 분명히 선을 긋고 넘어오는 것을 허락하지 않는 이해타산을 먼저 계산해 거리를 두는 철두철미한 사람이었다.

나는 아무 일도 없는 것처럼 사생활을 들키지 않고 자연스럽게 사무실 직원들과 잘 지냈다. 내가 살아남기 위한 방법이었다. 일에 있어서도 잘 습득하고 사무보는 재미가 생겨 제법 한 몫하는 능력있는 직원으로 인정받기 시작했다.

구청에 각과들은 공문을 받아가거나 발송하면 언제나 문서계를 통과해야 잘 돌아간다. 사람들을 많이 만나고 상대하기 때문에 그에 따른 스트레스가 많이 생기고 피곤이 쌓인다.

나는 가진 것이 아무 것도 없다. 돈이 많은 재벌가의 딸도 아니고 고관지위에 있는 집안환경이 좋은 곳에 태어나지도 않았다. 그러나 나는 젊으니까 이 젊음을 밑천으로 밑바닥부터 시작해 점점 나아지는 삶 성공을 이루고 싶은 사람이다. 그래서 사람다운 사람으로 거듭나기 위해 공무원 다음으로 나는 무엇을 해야 할까 하는 생각의 생각을 거듭하고 연구하는 열심히 살아가는 서울시민이다.

산들 바람타고 날아온 과수원에 과일 익어가는 단맛의 짙은 향기가 도심 속에 파고든다.

상점에 진열되어 있는 과일 포도와 감을 샀다. 애호박과 배추시레기를 조금씩 사가지고 집에 돌아와 된장국을 끓인다. 가족이 그리울 때는 엄마가 해주셨던 음식을 해먹으면서 잘 하지는 못하지만 그 맛을 음미하면서 달랜다.

밤 하늘가에 달무리가 핀 밝은 달빛이 창가에 내려와 소근거린다. 별은 희미하게 열어놓은 창을 통해 반짝거린다.

서울에서는 좀처럼 별을 볼 수가 없다. 공장에서 나온 공해, 자동차에서 나온 매연가스 때문에 밝은 별을 감상하려면 시골에 내려가야 한다. 비가 내린 다음 개인 날이면, 그런 날 밤이면 별을 찾아볼 수 있다.

달이 선명하지 않고 색깔이 곱지가 않은 다음날이면 비가 내린다고 한다. 가을을 재촉하는 비가 내릴 것 같은 느낌이 든다. 정서가 메말라가는 각박한 도시생활에서 달빛과 별을 감상하는 여유만은 잊지 않으려고 한다. 권력 부귀영화 명예를 쫓아가는 사람은 어떤 사람일까.

세속에 물든 때 묻은 사람이라고 말하지만 욕심이 없는 사람은 몇이나 될까. 나도 그런 사람중에 하나일까? 자꾸 자신에게 묻는다. 살아온 시간이 짧아 아직 인생경험이 부족한 나이이다. 그러나 달 밝은 밤에 별을 바라보는 순수한 마음만은 지키고 살아가고 싶다. 세속과 타협하지 않고 남의 것을 탐내지 않고 내가 노력한 댓가만 바라보고 내가 잘할 수 있는 부분을 개발해 성공한 사람으로 사회에서 우뚝 일어서고 싶다.

그분을 향한 마음의 농도가 엷어져 가는데 정리하는데 1년이면 될 것 같다. 그 시간이 흐르면 아무런 동요가 일어나지 않고 호수에 이는 물결처럼 잔잔해질 것이다.

힘들었던 것들이 마음을 추스리고 편해질려고 하는데 성준혁 씨 어머니가 전화를 해서 만나자고 한다.

무슨 일로 만나자고 하는 것인지 나가고 싶지 않았는데 어른이 만나자고 하는데 예의가 아닌 것 같아서 만나러 나갔다.

점심을 먹고 일이 없을 시간에, 퇴근하려면 한두 시간이 더 있어야 하는데 커피숍으로 나갔다.

잘 차려 입은 중년부인이 한쪽 테이블에 앉아있었다. 커피를 나르는 종업원의 안내로 중년부인에게 갔다. 중년부인이 말을 했다.

"김경희씨 인가요."

"예, 안녕하세요."

"앉아요. 차는 무엇으로 할래요."

"어머니는 무엇으로 하실건가요."

"커피주세요."

"저두요." 자리에 앉아 주문을 했다.

"말을 돌려서 하지 않겠소. 우리 아들하고 결혼할 수 없어요. 출세를 위해 뒷바라지 잘할 수 있는 규수와 선을 보기로 했소. 무슨 말인줄 알겠지요. 배울만큼 배운 여자라 잘 알아들을 줄로 알겠소. 더 이상 그런 불장난 하지 말아요. 우리 아들을 만나지 말아요. 곧 다른 데로 발령이 날 것이니 이쯤해서 끝내요."

"예…."

"다시 만나지 않겠다는 약속만 지켜주면 이 것을 주겠어요."

"이것이 무엇인가요?"

"피해보상이니 죽은 듯이 살아요."

커피가 나오기도 전에 하고 싶은 말을 다하고 봉투하나 던져놓고 계산을 하고 바쁜 걸음으로 종종 나가버렸다.

나는 봉투를 거절했으나 어찌할 수 없어서 과장님에게 돌려주려고 사무실에 돌아왔다. 그런데 과장님은 자리에 없었다. 이런 기분은 처음 느껴보는 감정이었다. 모두 퇴근하고 나도 시간에 맞춰어 귀가를 했다.

과장님에게는 내일 집으로 오라고 하지않고 잠깐 밖에서 만나자고 전화를 했다. 자주 가는 커피숍에서 마지막으로 정리해야 할 것이 있다면서 보자고 했다.

무시당한 기분, 내가 왜 이렇게 해야 하는지 얼마 살지 않은 인생 겪어보지 못한 것에 직면하고 보니 정신이 바짝 들었다. 욕심이 많은 남자들을 조심해야 한다. 다들 좋은 사람만 있는게 아니고 놀다가 헤어지면 여자만 다치고 손해본다. 그러나 깨끗하고 쿨하게 마무리하자.

다음날 아침 언제나 일찍 출근하고 하루 일이 무사히 끝났다. 거리에는 낙엽이 하나 둘 떨어지는 계절이 다가왔다. 쓸쓸히 가로수 길을 걸어 약속장소에 나가 가만히 앉아 있었다. 시간이 훌쩍 지나서야 나타났다.

"많이 기다렸소. 미안해요. 일이 있어서 늦었어요. 무슨 일이기에 보자고 했소."

"지저분하게 매달리고 싶지 않아 잊을려고 마음먹고 있는데 어머니께서 가만두지 않네요."

"무슨 일이 있었소?"

나는 가방에서 돈 봉투를 꺼내서 앞에 내 놓았다.

"당신네들은 이런 방식으로 사람을 짓밟아요. 출세를 위해 다른 여자한테 가려면 좋게 갈 것이지. 나의 자존심은 생각하지 않고 댁들 마음대로 하는 것이어요."

"어머니를 만났어요? 나는 모르는 일이예요. 미안해요."

"다시는 나를 찾아오지 마세요. 이것이 마지막이예요."

"지금 묻겠는데 내가 책임지고 나를 필요로 하는 것은 없겠지요."

"내가 당신을 찾는 일은 없을 거예요."

그 사람은 봉투를 앞 호주머니에 넣고 일어섰다. 나도 더 이상

있고 싶지가 않아 따라서 나왔다.

　주차장에서 승용차를 타고 돌아보지않고 자기 갈길을 가버렸다. 차갑고 냉정한 사람, 몇 개월 동안 꿈속에서 헤매이다 이제야 깨어나고 보니 돌아와 빵과 우유로 저녁을 때웠다.

　녹음기를 틀어 음악이 잔잔하게 흘러나왔다. 외롭지만 외롭다고 말할 수도 없고 혼자서 달래야 했다.

　낙엽이 수수 떨어져 바람에 이리저리 날아다녔다. 오늘은 이곳 내일은 저곳 정처없이 쏘다니다 가을비가 내려 짓밟혀 부서지고 비가 개인 후 미화원 아저씨들이 바쁘게 쓸고 다닌다.

　노오란 은행잎과 열매가 무르익어 떨어진다. 가로수 길을 따라가면 우체국이 있다. 나는 부모님께 앉아서 편지를 쓴다.

　먹고 살기가 바쁘게 돌아가는 시간에 간절히 그리운 것은 학창시절을 같이 보낸 친구들보다 부모 형제자매들이다.

　보이지 않는 곳에서 힘이 되어준 그들과 가족에게 긴 편지를 쓰면서 느끼는 것은 모두가 다 소중한 사람들이다.

　곰방나무 허리에 짚으로 겨울옷을 만들어 입혀 놓았다. 겨울로 가는 길목에 서서 무사히 잘 살아야 한다. 거센 찬바람에도 눈보라 치는 추위에도 잘 견뎌내야 한다고 나무에게 말하고 있다 공원의 비둘기 떼가 모이를 찾아 날아다닌다. 구구구….

　날개를 접었다 펴고 가고 싶은 곳을 마음대로 누비며 자유를 즐기고 나의 시선을 집중시킨다.

　비둘기처럼 다정한 사람들이 사는 곳이 아니다. 그렇지만 나의 삶을 알곡으로 가득 채울 내일의 희망으로 현재를 가꾸어 나가야 한다. 삶이 고달프고 지치게 해도 나는 웃으면서 그들을 보아야 한다. 낙엽이 마지막 잎새를 떠나보내고 그 자리에 앙상한 가지만 남아 바람에 이리저리 흔들리면 허전함이 나를 슬프게 한다.

서울의 첫 눈은 남쪽보다 빨리 내린다. 쌓이지 않고 눈발이 날리는 날 만나고 싶은 사람이라도 있었으면 하는 아쉬움이 그리움으로 맺힌다.

성애낀 유리창에 입김을 불어 이름을 써보고 얼굴을 그려본다. 한 해가 다가는데 얼마남지 않은 소중한 시간 지인들에게 흔적을 남기고 싶어 문방구에 들어가 카드를 고른다.

카드 안에 안부를 묻는 글씨를 몇 자 적고 풀로 부친다. 뜻 깊은 해를 보내고 있는 나의 생활에 최선을 다 할 수 있는 사람다운 사람으로 변화될 수 있도록 힘주시라고 기도했다.

교회나 성당에서는 크리스마스트리를 작은 전구로 장식을 해 밝은 빛들이 반짝반짝 빛을 발휘하여 아름다운 마음으로 전해진다. 상처로 얼룩진 영혼을 위로하여 주는 듯 하다.

슬픔 뒤에는 기쁨이 온다는 진리를 믿으며 십자가에 못박혀 죽은 뒤 사흘만에 살아나는 부활, 기적을 설명할 수는 없으나 믿음으로 나의 삶을 변화할 수 있도록 해 주소서.

밖은 찬바람이 세차게 부는데 마음만은 따뜻했다.

4. 이별

눈이 쌓이는 추운 겨울날씨에 연말이 다가왔다. 얼음이 얼어서 미끄러운 빙판길 위에 차들이 거북이 운행을 한다.

어제 일기 예보에 눈이 더 내린다는 방송을 했는데 낮에도 햇볕이 나오지 않고 잿빛하늘이 흐려져있었다.

사람들이 공문발송을 위해 많이 드나드는 이곳 사무실은 활기가 넘쳐흐른다. 난방이 잘 되어 있어서 춥지가 않는 그래서 더욱 붐비는 효율적인 일처리 현명하게 사무를 보는 전경에 한 해가 다하는데 아쉬움이 남아있다. 투명한 유리창에 보이는 눈 오는 장면은 너무 감동적이었다.

"어제도 눈이 오고 오늘도 눈이 오네요."

"너무 멋있는 광경을 볼 수 있어서 마음이 좋네요."

"눈 오는 날 만날 사람 없어 짝을 찾아야겠네요."

소라양과 지연양이 수다를 떨고 현미언니가 제일 실속있는 말을 했다. 나는 아무런 말없이 밖을 바라보고 있었다.

"인사이동이 있다는 소문이 났던데 이번에 성준혁 과장님이 중앙으로 발령을 받았어요. 오늘 회식이 있어요. 송별회 겸 망년회가 있으니 직원들 친목도모에 빠짐없이 참석해주세요."

하루를 마치기 전 계장님이 발언을 하셨다.

"예, 알겠습니다."

"창밖을 보라 창밖을 보라 흰눈이 내린다~."

교회에서 부르는 흥겨운 노래가 벌써부터 흥이나 흥얼거리는 직원들이 있었다. 하얀 눈은 깨끗함, 세속에 물들지 않은 순수함의 상징이 아닌가 싶다.

나도 모르게 더러워진 마음을 눈으로 깨끗하게 정화작용을 하고 세상을 바라보면 그렇게 아름다울 수가 없다.

앞에 진열된 접수대장을 뽑아서 캐비닛에 넣고 보관을 하고 창문도 잠그고 열쇠로 다 잠가 함에 넣었다. 그리고 구청에서 가까운 음식점으로 들어갔다.

조그마한 방으로 여덟 명의 직원이 들어가 빙 둘러 앉았다. 삼겹살, 갈비, 소주, 맥주를 종업원에게 주문을 했다.

음식이 나오고 숯불에 고기를 올려놓았다. 남자들은 소주 여자들은 맥주를 따랐다.

"성준혁 과장님이 처음으로 오신 지 2년이 되었는데 오늘 날짜로 발령을 받아 더 좋은 곳으로 가시게 되었습니다. 아직 미혼이고 앞날에 발전할 수 있는 무한한 가능성이 많은 사람으로 주목받고 있는 터이라 서운하지만 축하해 드려야겠습니다. 오늘이 1983년 마지막 날입니다. 한 해 동안 여러분 고생 많이 하셨습니다. 먹고 마시고 즐깁시다."

남자분들이 고기가 익어가자 가위와 집게로 잘랐다. 다음에는 과장님이 일어서서 마지막으로 고마웠다는 인사를 했다.

"영등포구청 서무과 문서계 과장으로 온 지 벌써 2년이 되었습니다. 5년이 되어야 발령을 받는데 개인적인 부득이한 사정으로 다른 곳으로 가게 되었습니다. 나를 많이 도와주셨던 여러분들을 잊지는 못할 것입니다. 2년 길지 않은 시간이 나에게는 행복하고 즐거운 추억을 만들고 떠나게 되니 많이 아쉽습니다. 모두 건강하게 새해를 맞이합시다. 감사합니다."

고기를 상추에 싸서 맛있게 다들 먹기 시작했다.

"자 잔을 들고 건배를 합시다."

계장님이 먼저 잔을 부딪치고 서로 잔을 부딪쳤다.

"모두를 위하여."

고기를 더 시키고 밥과 된장국 계란찜 등이 나와 배도 고픈 터라 많이 먹고 마셨다. 사무실 직원들과 회식을 1차만 끝내고 아홉시 경에 서로 악수를 하고 잘되기 위해 떠난 그 분을 보내주었다.

밖은 눈이 계속 내린다. 눈을 맞으며 떠난 사람. 내가 도움이 되어 줄 수 없는 욕망과 야망으로 불타오른 사람을 잡지 못하고 떠나보내는 마음이 쓸쓸하고 허전했다.

이제는 볼 수 없다. 내가 잘살 수 있는 길을 찾고 연구하기에 시간을 더 많이 투자하였다.

작년 이맘 때 올라와 새로운 생활을 접해 잘 적응하여 이만큼 살게 되었다. 너무나 월급이 박봉이다 보니 다른 일을 할 수 없을까 찾아다니게 됐다. 나이에 관계가 없고 학벌과 남녀구별이 없고 정년도 없이 한번 시작하면 평생 죽을 때까지 할 수 있는 좋은 일 글쓰기를 해볼까 생각하게 되었다.

　여고시절에는 문학소녀로 불릴만큼 글쓰기를 잘하였는데 때가 되면 그 일을 위해 시작하는 기회가 올 것이라고 결심하게 됐다. 아직은 공무원으로 근무하지만 실력을 쌓기 위해 책을 가까이하고 교보문고, 영풍문고, 종로서적에서 책을 보고 구하기 위해 쉬는 날이면 잘 다녔다.

　추웠던 날씨가 풀리고 또 영하 10도로 낮아지는 등 여러 번 반복이 되다가 햇볕이 따뜻한 2월이 찾아왔다.

　하늘에서 햇살이 가득한 창가에 앉아서 오붓하게 대화를 나누었다. 혼자살면서 신앙이 강한 소라가 말을 한다.

　"경희야, 쉬는 날이면 무엇하니. 교회에 나가지 않을래. 토요일 밤이면 청년부들이 모여 성경공부도 하고 복음성가도 부르며 은혜가 충만한데 같이 가자."

　"나도 서울에 올라오기 전까지 다녔어. 많이 생각해 볼게."

　그냥 흘러가는 소리로 부담없이 전도하는 것 같은데 여러번 생각 끝에 어렵게 꺼낸 말이 한 편으로는 고마웠다.

　"얘들아, 나 결혼해."

　"정말로 결혼해? 축하해요."

　"중매야, 연애야."

　"연애."

　"남자는 누구야. 연애면 구청직원?"

　"그래, 관광과에 근무해."

　"언제 하기로 했어?"

"4월 둘째주 토요일."

"좋겠다. 잘됐어, 축하해."

제일 맏언니 현미씨가 결혼을 한다고 하니 내심 부러웠다. 데이트를 많이 했을텐데 들키지 않고 결혼까지 골인한 케이스는 매우 드문 현상이었다.

남자는 9급 공무원에 합격해 8급 공무원으로 승진한 사람이라고 한다. 현미씨는 전문대를 나와 9급 밑에 고용직 인맥으로 들어와 5년째 근무하고 결혼해서도 계속 할 생각이라고 한다. 구청 내 직원들이 많이 드나드는 곳이라 일 때문에 만나 자연스럽게 사귀게 됐다고 털어놓는다.

꽃피는 봄을 시새워 찾아오는 추위가 몇 번씩 왔다가 간 뒤 공원에는 개나리, 진달래가 피어 오고가는 사람들의 시선을 사로잡는다. 기분좋은 봄날을 외롭게 혼자서 맞이하는 것은 죽기보다 싫다. 다들 짝을 찾고 새로운 삶을 시작하는데 백마타고 나타나는 왕자님은 언제 오실는지.

나는 막연하게 나를 사랑해주는 남자 믿고 한평생을 같이 갈 수 있는 동반자 서로 돕고 살 수 있는 남자다운 남자를 그리워하게 되었다. 그런 남자가 나타난다면 퍽 다행스러운 축복 받을 수 있는 일이라고 생각했다.

내 힘으로는 어쩔 수 없이 한계에 부딪치는 일이기 때문에 하나님께 축복해 내려주시라고 기도하는 시간을 만들어 갔다. 좋은 마음으로 성실하게 삶을 일구어가면 기회가 찾아오겠지 긍정적인 사고로 현실을 직면하게 되었다.

봄은 다시 우리 곁에 와서 찬란한 세상을 선물하였다. 새싹이 자라서 이파리가 되고 요술지휘봉 휘둘러 뜰안 정원에, 사람들이 많이 다니는 공원에 화사하게 꽃들을 피워냈다.

살랑살랑 부는 꽃바람이 치맛자락에도 불어와 생기가 넘치는 꽃들의 향연에 초대되는 것 같은 느낌. 따뜻한 봄날이 좋았다. 벌과 나비들은 꽃에 입맞춤하고 꿀을 따고 암술과 수술이 만나 열매를 맺기 위해 서로 사랑을 고백한다.

봄의 한가운데에 생명이 자라서 꽃이 만발하는 새로운 세상으로 변화되어 있었다.

현미 언니는 신혼집도 구청 옆에 구하고 혼수준비도 다되어 가고 결혼식만 하면 된다고 했다. 결혼식 전에 함 파는 것은 생략하고 신랑친구들과 신부친구들이 모여 재미있게 마지막으로 노는 댕기풀이를 하자고 상의를 했다고 한다. 일주일 전 금요일 일곱시에 만나기로 약속이 되어 있으니 몇 명 아가씨들이 나가기로 했다.

먼저 커피숍에서 만나기로 약속을 해서 퇴근하고 하나 둘 모였다. 남자 여섯 명 여자 여섯 명 짝이 맞추어지고 그 밖의 친구들은 시간이 되지 않아 참석을 하지 못했다.

커피를 통일해서 열두 잔을 시켰다. 사회를 보기로 한 신랑친구가 나서서 돌아가면서 자기소개를 시켰다.

구청에 근무한 친구들, 자주 만나는 학교 때 동창친구들 다른 곳에 근무하지만 섞여있었다.

신부 측도 사회친구들 학교 친구들이 같이 나왔다.

"자기소개를 했으니 이제는 저녁 먹으러 갑시다. 맛있는 음식이 푸짐하게 나오는 한식집으로 예약했으니 갑시다. 먼저 예약을 했던 터이라 맛있는 음식으로 상다리가 부러질 정도로 불고기 잡 채 할 것 없이 기본으로 반찬종류가 많이 나오는 곳이었다. 신랑 신부가 나란히 앉고 주위에 신부측 친구들 신랑측 친구들이 빙둘 러 앉았다.

맥주 소주를 따라 잔을 들고 신랑신부의 행복한 결혼을 축하하 기 위해 건배를 한 뒤 모두 맛있는 음식을 배부르게 먹었다. 저녁 먹을 시간이라 하루일을 마치고 귀한 음식으로 대접받는 기분 재 미있는 한 때를 보냈다.

일차로는 저녁을 먹고 이차로 춤추고 노래부르는 노래방으로 갔다. 큰방으로 안내되어 모두들 재미있고 신나는 박자에 맞추어 돌아가며 한곡씩 불렀다.

스트레스가 확 풀리는 시간을 보내고 열두시가 되기 전 집으로 돌아와 화장을 지우고 이를 닦고 잠을 청해 잤다.

너무나 피곤해 모든 근심 잊어버리고 곤하게 꿈나라로 여행했 다. 며칠이 지난 뒤 현미언니 결혼식 신부실에서 언니와 같이 예 쁘게 화장을 하고 사진도 찍었다.

부모 형제 친지 친구들이 축하해주는 자리에서 마음껏 행복해 보인 젊은 그들에게 새출발을 의미하는 뜨거운 박수를 보내주었 다. 결혼식을 끝내고 피로연회도 무사히 마치고 신혼여행 떠나는 것을 보고 집으로 돌아왔다.

행복이란 무엇일까? 곰곰이 생각하는 시간을 가졌다. 무엇이 사람을 행복하게 만들까? 돈, 명예, 친화력 이러한 세속일까?

나는 단호하게 아니라고 말하고 싶다. 마음속으로 느끼는 감 정, 사랑, 서로 진심으로 아끼고 부족한 부분을 서로 보충하고 만들어가는 노력을 해야 얻어지는 것이 바로 행복해지는 비법이다. 나는 행복하게 잘 사는 법을 알기위해 다시 종교를 가지려고 결심했다. 지금까지는 아무런 의미없이 생각했던 것을 소중하고 귀하게 하나님의 부름으로 응답받기위해 소라가 교회에 같이 다니자는 제안을 받아들였다.

창문을 활짝 열자 꽃바람으로 싱그러운 향기가 날아왔다. 잔잔한 음악을 틀어 감상하는 마음이 가볍게 하늘을 날아다니는 것 같았다. 저녁은 별로 먹고 싶지 않아서 커피를 마시고 있는데 전화벨이 울렸다.

"경희야, 나야. 소라."

"응, 기다리고 있었어."

"내일 토요일 청년들 모임에 나가는데 같이 가지 않을래."

"좋아, 같이 나가자."

"때에 맞춰 집으로 갈게."

"그래."

"무엇하고 있니."

"커피 마시고 있어. 좀 일찍와서 놀다가 가자."

"오케이, 그럼 내일보자."

전화를 끊고 침대에 누워 자유시간을 즐겼다.

음악을 듣다가 나도 모르게 스르르 잠이 들었다. 피곤이 쌓였던 몸이 풀려 기분이 좋게 깨어났다. 오후가 되어 소라가 간단하게 시장을 보아왔다. 계란찜, 콩나물 무침, 김치찌개를 요리해서 둘이서 상을 차려먹었다.

"우리가 만난 지 1년이 지나고 집을 떠나 객지생활을 하니 서로 친하게 지내자."

"그래, 우리 서로 의지하고 도우면서 살자. 나이도 같고 대화가 통하지 않니. 우리는 친구지."

마음이 통하는 친구 하나만 있으면 세상은 살아볼 만한 가치가 있는 것이다. 사회에서 직장동료로 바로 내 옆에 앉아 사무를 같이 보는 절친이 있어서 너무 든든하고 좋았다.

저녁과 후식까지 챙겨먹고 집을 나섰다. 버스를 타고 신길동 신풍역에 있는 자그마한 성도 이백 명 정도되는 개척교회에 갔다. 기반이 잡힌 큰 교회가 아니고 아직까지는 개척을 더해야 하는 아담하고 예쁜 교회였다.

우리들은 교회지하 강당으로 들어갔다. 이십대 청년들이 많이 모여 있었다. 형제님 자매님하고 이름 뒤에 부쳐서 부르기도 했다. 성경공부를 지도하는 전도사님도 나오셨다. 처음으로 참석하기 때문에 새 신자로 소개가 되었다.

기타반주에 맞추어 복음성가를 은혜가 충만하게 부르기도 했다. 나의 기도제목은 나에게 어울리는 짝을 만나게 해달라고 마음을 비우고 늦게나마 하나님의 인도로 예수님을 만날 수 있게 하심을 감사하면서 기도를 했다.

봄은 또 다시 살고싶은 희망과 무엇인가 하고싶은 사람이 되고자 최선의 노력을 할 수 있는 용기를 불어넣어 주었다. 아직 젊은 이십대에 새로운 것을 깨닫고 시작하는 계기가 되는 의미를 갖고 생활에 임할 수 있도록 해주셨다. 청년들은 대부분 대 예배 성가대원이었고 유치원 중고교생들 9시 30분 예배에 주일학교 선생님으로 봉사를 했다.

다음날 대예배에 참석하고 교회에서 점심도 맛있게 먹었다. 소라는 구청쪽으로 가는 버스를 타러가고 나는 공단쪽으로 가는 버스를 타야 해서 백악관웨딩홀 큰 건물 앞에서 헤어졌다.

"내일 구청에서 보자."

"그래, 잘가. 고마웠어."

인사를 하고 가는데 신풍역쪽에서 걸어오는 언젠가 본 듯한 사람이 서 있었다. 서로 얼굴을 마주보자 내가 먼저 말을 걸었다.

"저~ 우리 어디에서 보지 않았나요?"

"아! 그때 기차타고 서울에 올라올 때 옆 좌석에 앉아있던…."

"예, 생각이 나요. 이쪽에서 살아요?"

"예, 국민대가 7호선이잖아요. 신풍역 근천에서 자취를 해요."

"예, 나도 공단역에서 혼자 자취해요."

"어디 다니세요?"

"영등포구청 서무과 문서계에서 근무해요."

"아~, 공무원이시군요."

"예, 그래요."

"정말 우연이군요. 우연이 필연이 된다고들 그러던데요."

"교회에 다니기로 했어요. 외로워서 신앙이 필요해요."

"전화번호 물어봐도 되나요?"

"물론이죠."

오늘은 서로 전화번호만 교환하고 다음에 좋은 기회가 되면 알고 지내자 하고 가던 길을 가고 나는 집으로 돌아왔다.

나는 지금 읽고 있는 책을 계속 읽는 중이었다. 항상 책이 옆에 가까이에서 지혜롭게 살아가는데 힘이 되어주고 내가 가야 할

길, 방향을 제시해 주는 이정표를 세우는데 중요한 목적의 기준이 되어 생활의 활력소를 불어넣어 주었다.

나는 아직 이십대 중반 젊기 때문에 내가 좋아하고 하고 싶은 일이 정말 무엇인지 나 자신의 무한한 가능성을 발견하는게 첫 번째 일이었다. 학창시절에 글쓰기를 잘했었는데 지금 그 목표를 세워볼까, 마음대로 문화생활을 즐길 수 있는데 도전해볼까. 언론출판의 자유가 없는데 언제인가 마음놓고 문학을 할 수 있는 시대가 올 것이다라고 생각했다.

그러한 자유가 풀릴 때 나는 어떤 사람으로 거듭날 수 있을까. 그 시대를 위해 지금부터 준비를 해두자. 사회에서 필요한 사람이 되기위해 교회를 다니면서 설교말씀으로 많은 가르침을 받아들여 좋은 글을 쓸 수 있는 달란트를 받는게 나의 할 일이었다. 성경책을 구약부터 신약까지 매일 한 장씩 하루도 빠지지 않고 읽기 시작했다. 나의 비장한 결심을 실천하는 첫 단계였다.

푸르름이 짙어가는 강과 산이 어울려 한 폭의 그림 같은 곳에 집을 짓고 살고 싶은 사람을 생각하는 시간이 많아졌다.

흘러간 과거에 연연해하는 것이 아니라 새로운사람, 나와 한평생 같이 늙어갈 친구이면서 동반자, 나를 소중하고 귀하게 여기고 서로 사랑하고 내가 그 사람을 생각할 때 역시 소중하고 귀하게 여길 수 있는 최고의 남자를 만나는 것이 소원이다.

부모형제와 멀리 사는 나약한 나의 삶을 개척하는 것은 나의 몫이다. 의지하고 사는 나약한 사람이 아니라 자립을 해서 자기 앞길은 자기가 책임져야 하기 때문에 어떤 일에 부딪치더라도 용감하고 씩씩하게 살아야 하는 강한 사람이 되어야 한다고 자신을 훈련시킨다.

엄마가 작년에도 한두 번 다녀갔는데 딸이 어떻게 사는지 직접 확인하고 보고 싶다고 이번 주 토요일에 올라온다고 하신다. 전화는 자주 하는데 얼굴 보는 시간이 없어 걱정을 덜어드리는 것이 지금으로서는 최선의 방법이다.

"엄마 내일 몇 시에 출발해요. 시간 맞추어 강남터미널에 마중 나갈게요."

"그래, 고속버스가 밀리지 않으면 3시간 30분 걸린다. 이것저것 짐이 많기도 하니 나와있으렴."

엄마와 통화를 하고 내일 엄마를 볼 수 있다는 생각에 마음이 들떠 있었다.

일찍 잠을 청하여 숙면을 하고 아침에 좀 늦은 시간에 일어났다. 커피한잔과 계란후라이로 아침을 먹고 청소를 하였다. 정리를 다하고 시간에 맞추어 엄마마중을 나갔다.

호남선 광주에서 올라오는 고속버스를 유심히 바라보면서 기다렸다. 이윽고 나는 엄마를 찾아내고 짐을 받아들었다.

"엄마, 너무 보고싶었어. 힘들었지."

"아니다. 너를 본다는 생각에 한걸음에 달려왔지."

"집에 별일없죠. 아버지, 경실이도 잘 있지요. 호진이한테도 전화 자주 오죠."

"그래, 호진이가 제대하려면 일 년 남았다. 모두 잘 있단다. 너는 아픈데 없이 잘 근무하지."

"예, 나는 성인인데 걱정하지 마세요. 알아서 잘살고 있으니까."

엄마와 같이 대림역에서 2호선을 타고 공단역에 내려 집에 왔
다.

"깨끗하게 청소가 되어있네. 엄마 온다고 깨끗하게 청소했니.
평상시에도 잘 청소하고 지내니. 아니다. 넌 나를 닮아서 잘할꺼
야."

"엄마, 기본적으로 하고 살아야 개운하고 기분이 좋지 않아요.
오늘 아침에 했어요."

엄마가 가지고 온 맛있는 음식을 먹으면서 그 동안 있었던 이
야기를 하면서 모녀간의 정을 듬뿍 나누었다.

"내일은 고모댁에 가서 고맙다는 인사를 해야겠구나."

"예, 고모가 김치를 담가서 주면 2개월 정도는 먹어요. 다른 반
찬도 해서 주시고 제가 김치찌개나 된장찌개를 해서 대충 먹어
요."

"밥은 거르지 말고 꼬박꼬박 잘 챙겨 먹어라. 객지에서 아프면
안 된다. 알았지?"

"예, 잘 알겠어요."

엄마와 한 침대에 누워 오순도순 나누는 이야기가 시간가는 줄
모르게 꽃을 피웠다.

나는 언제 잠이 들었는지 정신적으로 안정이 되어 무슨 꿈을
꾸었는지 알 수 없을 정도로 달게 잠을 잤다. 아침에 눈을 뜨니
엄마가 옆에서 잠자는 모습을 안쓰럽게 보고 계셨다.

엄마가 끓여주신 된장국 냄새가 방안 가득히 퍼져갔다. 아침을
맛있게 먹고 고모와 전화통화를 하고 집을 나섰다.

5. 여행

온 세상이 푸르른 날은 그리운 사람을 그리워하자 라는 시어가 떠오르는 계절이다. 짙어가는 녹색이 가장 짙어서 눈이 아름답게 빛이 났다. 꽃잎이 지고 그 주위에 이파리가 생겨 자라 초록의 세계가 태양의 빛으로 세례 받는 듯 신천지가 개벽을 한다.

꽃이 먼저 피고 이파리가 나중에 나오는 식물이 있는가하면 이파리가 먼저 생긴 다음 꽃이 피는 식물이 있다.

꽃이 피었다 지고 암술과 수술이 만나 태양별 아래서 뜨거운 사랑을 하다가 열매가 익어가는 자연의 이치 오묘한 섭리를 깨닫게 하는 계절의 변화를 느끼면서 살아간다.

엄마가 삼일 밤을 자고 다녀가신 지 한 달이 지나고 휴가철이 다가올 무렵이었다.

"이번에 부산에 같이 가지 않을래? 가는 날 오는 날 빼고 하루만 해운대해수욕장에서 놀다가 광주에 가지 않을래?"

"그렇게 할까. 언제 여행할 시간도 없는데 재미있게 놀다가 추억을 새기고 오지 뭐."

"두 사람씩 교대로 해도 된다고 하니까 같이 가자."

"그래."

7월 말에 두 언니들이 먼저 휴가를 가고 8월 초에 부산해운대에 가기로 계획을 세웠다. 아직 삼복더위가 아니라 아침저녁으로는 시원한데 한 낮에는 너무 더웠다.

장마철인데 더웠다가 비가 내리고 햇볕이 쨍쨍 났다가 비가 내리고 해서 습도가 높아 불쾌지수가 올라오는 날씨가 계속 이어진다.

사무실에는 에어컨이 들어와 더워도 별로 덥다는 것을 느끼지 못할 정도로 문화시설이 갖추어진 특별한 곳이다.

'별이 쏟아지는 해변으로 가요'라는 대중음악이 히트를 치고 있던 때라 흥얼흥얼 따라서 부르면 기분이 저절로 좋아진다. 가장 덥다고 하는 중복이 지나고 휴가를 받아 떠나기로 한 날이 다가온다. 나는 남대문 시장에서 수영복, 썬크림, 반바지 등 필요한 것들을 샀다. 햇볕을 가리기 위해 쓰는 파라솔도 사서 비가 올 때도 쓰고 다닌다.

휴가를 받아 배낭을 메고 부산으로 떠나기 위해 나는 소라와 같이 강남터미널에서 고속버스를 탔다.

사흘은 친구 소라와 보내고 나흘은 광주에서 가족과 함께하고 서울에 올라와 하루는 쉬고 출근해야겠다고 생각했다. 네시간 넘게 걸리는 고속버스 안에서 더욱 더 소라와 가까워졌다.

"소라야, 이번에 부산에 가면 다음에는 광주에 와야한다."

"당연히 그래야지. 일상에서 벗어나 마음대로 자유를 즐기다가 돌아와야 에너지 재충전이 되지."

"그래."

"우리가 하는 일 하고 또 하고 다람쥐 쳇바퀴돌 듯 자리에 앉아서 월급날 기다리며 겨우 먹고살고 뾰족한 수가 없지."

"월급이 박봉인데도 공무원이 좋다고 하니 그러게 말이야."

드디어 목적지인 부산역에 도착했다. 처음으로 온 부산역 계단을 천천히 내려오는데 소라오빠가 친구와 마중 나와 있었다.

"소라야."

"지성오빠! 지수오빠도 같이 왔네. 오랜만이야."

"친구도 같이 왔어?"

"응. 나이가 같은 사회에서 만난 친구, 김경희야."

"안녕하세요. 잘 왔어요. 소라 친오빠 이지성이라고 해요."

"나는 소라 오빠의 친구 김지수라고 해요."

서로 간단하게 통성명하고 승용차를 가지고 와서 택시 타는 곳에서 모두 타고 소라 집으로 향했다.

한 가족이 편하게 살 수 있게 잘 지어진 이층집 일층에는 방이 두 개 거실 주방이 있고 이층에도 방 두 개와 공간이 있는 집에서 소라 부모님이 나와 반갑게 맞이하여 주셨다. 승용차를 집 앞에 세워놓고 현관에 신발을 벗고 거실로 들어갔다.

"먼 길에 오느라고 수고했어요. 귀한 손님이네요. 소라 옆자리에서 같이 근무하는 나이도 동갑친구라고….."

"예, 어머니."

"이쪽은 정년퇴직하고 집에서 쉬고 계신 아버지."

"안녕하세요. 김경희라고 합니다."

"쉬는 동안 편하게 있다가 가세요. 반가워요."

늦은 점심상이 차려졌다. 광어회와 우럭 매운탕 회냉면이 나와 맛있는 음식을 먹으면서 이런저런 얘기가 오고갔다.

선물을 살 수가 없어 큰수박을 집 앞 슈퍼에서 사가지고 들어 갔으나 먹을 것을 많이 준비해서 배부르게 먹었다.

밤늦게까지 놀다가 이층으로 올라가 오빠 방에 친구가 같이 들어가고 소라방에 나와 둘이 들어갔다. 소라 어렸을적 사진을 보면서 둘이 더 얘기를 하다가 좀처럼 잠이 오지 않았으나 내일을 위해서 잠을 청하니 피곤한 탓으로 간신히 잠이 들었다.

이튿날 새 날이 밝아왔다. 전복죽의 고소한 냄새가 이층까지 진동했다. 아침으로 전복죽을 먹고 점심때 먹을 김밥, 치킨, 과일로는 참외 키위를 깎아 예쁜 그릇에 담고 쟁반, 수박 등을 챙겨 차에 실었다.

"어머니 아버지도 같이 가시면 좋을 텐데요."

"아니다. 젊은 사람끼리 즐겁게 놀다오렴."

"그럼 다녀올께요."

소라부모님의 배웅을 받으며 승용차를 타고 해운대해수욕장으로 출발했다. 마지막 피서를 즐기려고 벌써부터 사람들이 인산인해를 이루었다. 바닷물 온도가 내려가면 해수욕을 할 수없기 때문이다. 이 주까지는 사람들이 많이 몰려올 예정이라고 한다.

바다를 볼 수 있는 기회가 좀처럼 없는 나는 너무 재미있게 바다를 감상할 수가 있어서 소라와 친구가 된 것을 고맙게 생각한다. 하루해가 긴 여름인데 하루가 너무 짧게 지나갔다.

이틀동안 바다를 원 없이 눈에 담고 추억을 새겼다. 그동안 쌓였던 스트레스가 확 날아가버리는 개운한 느낌이었다.

고향을 떠나온 지 2년이 되어가는데 고향에 가고 싶다는 애잔한 그리움이 눈앞에 아른아른거린다. 나는 삼일 밤을 소라집에서 보내고 화요일 아침에 광주에 가기위해 소라네 집을 나섰다. 또 놀러오라고 하시는 소라부모님, 오빠에게 고맙다는 인사를 하고 88고속도로를 따라 광주터미널에 도착했다.

부산친구 집에서 극진한 대우를 받고 유쾌하게 놀았으나 고향이 그리운 것은 어찌할 수 없는 것 같다. 광주의 익숙한 거리, 오고가는 사람들이 편안한 느낌으로 다가오는 것은 나고 자란 곳, 숨 쉬고 살았던 곳이기 때문일 것이다. 저쪽에 횡단보도가 있고 택시를 타려고 줄을 서 있는데 누군가 아는 척을 했다.

"안녕하세요. 또 보네요. 이 곳에서."

"어머, 광주에 오셨네요."

"이쪽 커피숍에 가서 커피 한잔 하실래요."

"예, 그래요."

얼굴은 개성이 있고 목소리가 좋아 낯익은 편안한 남자로 다가오는 정말 멋있는 사람이었다.

커피숍에 문을 열고 들어가자 에어컨바람이 시원하게 불었다. 한쪽으로 가서 앉았다. 공기가 탁하게 느껴져 간단히 커피만 마시기로 했다.

"냉커피 두 잔 주세요." 하고 시켰다. 물이 나오고 종업원이 커피를 가지고 올 동안 말을 계속했다.

"경희씨 우리 세 번째 구면이지요."

"호호, 진영씨 그러네요."

"서울에서 내려오는 길이에요. 아니면 어디 갔다 오는 길이에요. 차림이 휴가 갔다 오는 것 같아서…."

"예, 부산 해운대해수욕장 친구네 집에 가서 즐기다가 오는 길이에요. 진영씨는 어디갔다 오는 길이에요?"

"방학을 해서 아르바이트 하는 중이라 잠시 시간을 내서 다녀가려고 고향에 내려온 것이에요."

얼음이 둥둥 떠다니는 냉커피가 나와 마주보고 있는 테이블 앞에 한잔씩 놓았다. 유리컵을 들고 한모금씩 목을 축였다. 잔잔한 음악이 내부에 흐른다.

"해운대에서는 재미있었어요?"

"그런데로 좋았어요."

"경희씨는 형제가 몇 명이에요?"

"공무원이신 아버지, 어머니, 군대가 있는 남동생 한 명, 학생인 여동생 한 명 이렇게 1남 2녀에요. 진영씨는요?"

"나는 형이 한 명 있어요. 은행에 다니시는 아버지 그리고 어머니 네 식구에요."

"아~, 그럼 진영씨는 몇 학년이세요."

"복학해서 삼학년인데요. 지금부터 취직하기 위해 열심히 뛰어다녀야 해요. 벌써 취직한 친구는 졸업만 하면되요."

시원한 커피를 한 모금씩 천천히 마시고 나서 물었다.

"집이 어디세요?"

"쌍촌동이에요. 경희씨는요?"

"화정동이요. 같이 택시타고가면 되겠네요. 같은 방향이니까."

얼음이 다 녹은 냉커피를 마지막까지 마시고 같이 자리를 일어섰다.

"커피값은 내가 낼께요. 학생이지만 이 정도는 벌어요."

계산을 하고 밖으로 나와 택시를 잡았다.

"자, 타요. 집까지 바래다 드릴께요."

속으로 싫지가 않아 은근슬쩍 가만히 있었다. 나는 뒤에 타고 진영씨는 앞에 타고 택시는 달렸다. 집 문앞까지 와서 같이 내렸다.

"여기가 집이예요."

"알았어요. 오늘은 들어가지 않고 그냥 집만 알아놓고 돌아갈 께요."

내가 집에 들어가는 것을 보고 진영씨는 다시 택시를 타고 돌아갔다.

"엄마, 아버지, 경실아! 나 왔어."

현관문을 열고 들어서며 식구들을 부르자 집 안에 있던 식구들이 나와 반겨주었다.

"부산 친구집에 가서 삼일 놀다가 이제 왔어요."

"언니, 재미있었어?"

"배고플텐데 밥부터 먹자."

"아버지도 때 맞추어 휴가받았다."

상을 차려 오리탕, 잡채 등 맛있는 음식을 그동안 이야기를 하면서 먹었다. 에어컨을 약하게 틀어놓고 선풍기 바람이 시원하게 돌아가 편안한 집에서 피곤한 몸 휴식을 취했다.

먼 여행에서 돌아와 그리웠던 가족을 마음껏 볼 수 있는 집이 좋아 행복하기만 해서 밤에 스르르 잠이 들었다.

해가 길어서 어스름 까만 밤이 짙어오기 전에 잠이 들어 그 다음날 아침 아홉시가 되어 일어났다. 아침 겸 점심을 먹고 시내 백화점에 엄마 아버지 경실이 옷을 사러 가기로 했다. 모처럼 효도하고 싶었다. 효도에는 현금이 필요하다고 했는데 지금 현금으로 좋은 옷을 사드리고 싶었다. 아버지 반팔 와이셔츠와 거기에 맞는 바지, 엄마 원피스, 경실이 투피스를 샀다. 시원한 쇼핑을 하고 몇 시간씩 돌아다니다가 양식으로 저녁을 먹고 돌아왔다.

"경실아, 언니하고 같이 서울구경가지 않을래?"

"가고 싶지만 아직은 언니한테 부담이 되니까 말을 않고 있었는데…."

"아니야, 같이 갈 수 있어"

"정말, 너무 좋아."

"내일은 명화리 선산 산지기가 수박 밭을 하는데 거기 가자꾸나. 끝물인 수박이 당도가 높아 맛이 좋다더라."

"그래요, 여보. 덥지만 바람도 쏘이고 갔다오자구요."

얼음을 넣은 쥬스를 마시면서 가족이 거실에 모여 앉아 오고가는 이야기는 시간 가는 줄 모르게 재미가 있었다.

동트기 전 이른 아침에 일어났다. 한낮에는 햇볕이 강렬하기 때문에 해뜨기 전 아버지 승용차로 수박밭에 갔다. 이파리에 핀 이슬방울이 대롱대롱 매달려 있었다. 이슬은 누구의 음료수인가. 공무원으로 일하면서 적은 박봉으로 이슬을 따먹고 살더라도 남의 것은 욕심내지 않고 청렴결백으로 깨끗하게 살자고 나 자신에게 약속했었다.

아침에 핀 나팔꽃이 이곳에도 또또따따, 나팔을 불면서 피어있었다. 산지기 부부가 잘익은 수박을 골라 따가지고 원두막으로 올라왔다. 칼로 수박을 자른다.

"올해 수박농사를 잘했어요. 자 드세요."

"예, 원두막이 참 시원하네요. 산이라 덥지도 않고."

자른 수박을 한쪽씩 들고 먹으면서 말을 했다.

"큰 따님이 서울에 취직했다구요."

"예, 휴가 받아왔어요. 도회지에 있으면서 스트레스가 많이 쌓일텐데 확트인 시골에서 맑은 공기라도 마음껏 마시라고 데리고 나왔네요."

"잘 하셨네요. 안 사람이 밥지을 텐데 찬은 없지만 시골밥상을 드시고 가세요."

"아저씨, 그렇게 안하셔도 되요. 수박만 먹어도 배가 부른데요."

"아니에요. 우리 집에 오신 손님인데."

원두막으로 아침바람이 불어온다. 더운 열기가 섞여있다. 말복 입추가 지나면 더위가 한풀 꺾여 시원해지겠지. 산지기 부부의 극진한 대우를 받고 우리가족은 수박 몇 통을 차에 실고 집으로 돌아왔다.

하우스에서 나온 수박이 아니라 제철에 맞게 나온 수박이라 더 달고 맛이 좋았다.

크고 씨 없는 무등산 수박은 더 있어야 한더위가 가고 시원한 날씨가 되어야 나온다고 한다. 나오기를 기다리는 사람들에게 나오자마자 다 팔리기 때문에 산지 사람만 사먹는다고 한다.

어느 사이 시간은 빠르게 흘러서 마지막 휴가가 끝나는 전날 엄마가 챙겨서 싸준 여러 가지 먹거리를 등에 지고 여동생 경실이와 같이 고속버스에 탔다.

아직 더위가 기승을 부려 밖은 폭염에 지쳐 있으나 차안은 견 딜만한 온도로 유지되어 있었다. 차표번호를 보고 의자를 찾아 짐을 위에 올려놓고 나란히 앉아 차창 밖을 바라보았다. 안내자 의 검사를 받고 이윽고 고속버스는 광주를 출발하였다.

"언니, 지금부터 취업하려고 고시준비하고 있어."

"사범대학교 이학년인데 벌써?"

"응, 경기도에 사범대학이 없어서 좀 쉽지 않을까 생각하고 있 어."

"그래, 취직해서 같이 있으면 좋겠어. 잘 해 경실아."

"나도 언니하고 살면 여러 가지 좋은 점이 많을 것 같아."

동생 손을 꼭 잡고 잘하라고 격려를 해주었다.

중간 정도 왔을 때 우리는 아이스크림과 음료수, 커피 등을 사 서 먹고 잠시 쉬었다가 다시 서울로 향했다. 몇 시간씩 차 안에서 지루한줄 모르게 여러 가지 이야기를 나누었는데 드디어 강남고 속터미널에 도착하였다.

"더우니까 냉면으로 저녁을 먹고 들어가자."

"응, 그래 언니."

전철을 타고 공단역에서 내렸다. 집 근처에 와서 냉면을 잘하 는 음식점으로 들어가서 간단하게 저녁을 먹었다. 그리고 방에 들어오자마자 열어놓고 선풍기를 틀었다. 한 더위가 가고 저녁이 될 무렵 제법 시원한 바람이 남쪽창문과 열어놓은 문은 통해 맞 바람이 불어 견딜만하였다.

일기예보에 며칠이 지나면 비가 오고 난 뒤에 더위는 한풀 꺾여 아침저녁으로 시원해질 것이라고 보도했다.

집에서 가져온 찬거리는 냉장고에 잘 넣고 보관하였다. 긴 여행을 하고 돌아와 피곤한 몸을 미지근한 물이 가득 담겨진 욕조에 들어가 뜨거웠던 체온을 식히고 타올로 정결하게 닦아냈다. 그동안 정신적으로 힘이 들었고 방황을 했는데 이제는 마음에 정리가 되고 감정이 편안해진 느낌이 든다. 세찬 비바람이 불고 폭풍우가 몰아치더라도 나는 모든 것을 이겨낼 수 있다는 자신감을 가지게 되었다.

평범한 일상으로 돌아와 근무에 충실한 모범을 보이는 공무원이 되었다. 국민들이 내는 세금으로 녹봉을 받기 때문에 최소한의 먹고 살 정도는 보장이 되어있다.

여러 가지 여건이 허락하지 않아 서울에 살면서 돌아보지 못한 곳을 동생과 함께 구경하고 다녔다. 요즘 누리고 있는 여유, 자연스럽게 얻어지는 자유와 낭만 이런 것들이 있어 젊음이 좋다고 말하는 것 같다.

한바탕 비가 내린 후 온도는 조금씩 떨어져 그런대로 덥기는 하지만 퇴근 후 외출을 한다.

광화문거리, 교보문고, 세종문화회관, 시청, 새벽에 문을 여는 남대문, 동대문 등 여러 곳을 돌아다녔다. 동생은 이주동안 있으면서 처음으로 서울거리를 편안한 기분으로 같이 찢어진 청바지를 입고 젊음을 마음껏 즐겼다. 엄마가 동생 2학기 등록을 냈다고 하지만 수강신청을 하기위해 8월 마지막 주에 개학한다고 하니 내려가야 한다고 동생이 말한다.

며칠 동안 둘이 있어서 좋았는데 동생은 광주에 내려가고 또다시 혼자만의 시간이 되었다. 어느덧 가을이 오는 소리가 가만히 귓가에 들렸다. 뜨거운 태양볕에 지쳐 있던 초록이 더 진한 색깔로 눈앞에 다가왔다. 열매가 익어가기 위해 남국의 햇볕이 해시계 위에 바람을 날려 보내기 시작했다.

과수원의 과일 익어가는 단맛의 향기가 시장에서 맛볼 수 있는 미각과 후각을 통해 우리 곁 가까이에 와 있었다.

나는 마음을 가다듬고 교회에 잘 다녔다.

오늘 집을 나서기 전 기도를 했나요. 오늘 받을 은혜위해 용서했나요. 기도는 우리의 안식 빛으로 인도하기 위해 감사했나요.

잔잔한 가슴속에 파고든 하나님의 말씀을 생각하면서 소라와 나는 예배가 끝나자 교회문을 나왔다.

"내일 사무실에서 보자."

"응, 그래 잘가."

공단역이 가까워서 걸어 집에 가려고 하는데 진영씨가 기다렸는지 나를 발견하고 불렀다.

"경희씨 광주에서 본 지가 한달정도 지났는데 예감이 들었어요. 이 시간에 나오면 경희씨를 만날 수 있다는 생각에 기다렸어요."

"정말이요. 나를 기다렸다고요."

"우리 걸어요. 잠시 산책이나 합시다."

영등포공원보다 작은 아담하게 잘 정리가 된 신길동공원을 천천히 걸었다. 그리고 자판기에서 커피를 뽑아 들고 벤치에 나란히 앉았다.

"나 취직했어요. 9월부터 출근했어요."

"정말이요. 축하해요. 어디에 다니게 됐어요?"

"대기업은 아니고 협력업체 중소기업인데 그 중에서 큰 회사예요. 공과대학 내 전공 찾아갔는데 대기업은 쉽지가 않네요. 그런 대로 대우는 받을 수 있을 것 같아요."

"다행이네요. 취직 못한 친구들이 얼마나 많은데 하늘에 별 따기에요."

따끈한 커피를 한 모금씩 마시고 길게 대화를 나누었다.

"이제 학교는 학비내고 졸업장만 받으면 되요."

"그래요. 취직만 하면 졸업장은 자동으로 나오니까."

가을바람이 산들산들 불어와 피부에 촉감이 감미롭게 다가왔다. 시원한 바람인데 한 낮에는 햇볕이 따가웁고 덥다는 느낌이 들었다. 가을은 풍요로운 것 마음이 살찌면서 푸근하고 좋았다.

하늘은 높고 파랗다. 뭉게구름이 두둥실 떠다니면서 한폭의 그림을 그린다. 물감이 흰색 하늘색과 파란색을 섞어 놓은 듯한 옅은 색으로 바탕을 이룬다. 좀처럼 하늘을 바라볼 수 있는 여유로운 생활이 아니었는데 진영씨와 벤치에 앉아 감상을 한다. 나뭇가지에 이파리는 녹색이 채색된 빛깔로 빛이 바래지기 위해 준비를 하고 있었다.

진영씨는 곰밤나무와 은행나무 가로수 길을 둘이 걸어 집까지 바래다주었다. 나는 집으로 들어와 성경책을 읽으면서 하나님 말씀, 축복을 많이 내려주시라고 생각에 잠기면서 보냈다.

6. 만남

어디에서 불어오는 것일까? 들국화향기가 그윽한 그 어느 곳에서 가을꽃의 축제가 무르익어 우리를 초대하는 것 같다. 들과 산이 만나는 곳에 시내가 흐르고 가을꽃이 여기저기 흐드러지게 피여 우리를 기다리고 있다는 생각이 머릿속을 스쳐 지나갔었다.

아무도 보아주지 않는 곳에서 피었다지는 가을꽃을 찾아가고 싶은 충동이 마음속에서 일어나곤 했었다.

이 도시에서 볼 수 없는 장면을 보고 싶었다. 도심 속에서 공기를 정화시켜주는 짙은 녹색의 이파리들이 물이 들어가기 전 춥지도 않고 덥지도 않은 온도를 유지시켜주는 역할을 한다.

살랑살랑 이파리에서 부는 바람은 오곡백과 무르익어 수확하는 사람들의 이마에 흐르는 땀방울을 닦아주는 장면을 보는 듯한 고마운 바람이다.

도심에서 하늘하늘 피어 한 송이 두 송이가 되더니 이젠 한 무더기를 이룬 우주의 연가 코스모스를 바라보니 신비스럽다. 자기몸을 지탱하지도 못하고 바람에 이러저리 흔들리는 코스모스 아가씨들 합창하는 하모니가 경이롭게 들린다. 국화를 꽂꽂이해서 적당히 자랄 수 있는 환경을 만들어 심어두었는데 가을이 되어 뿌리를 내리고 많은 꽃을 피우는 그 강인함에 나는 그저 향기로운 국화꽃에게 찬사를 보낸다.

예쁜 너를 바라보고 있으면 생활의 활력소가 된다. 나의 집은 국화꽃으로 여러 개의 화분을 장식해 두었다. 국화꽃잎을 따서 책갈피에 넣어 수분이 마르면 베개 속에 넣고 향기를 맡으면 숙면을 취할 수 있다.

남의 집 정원에 감나무 모과나무가 있어 주렁주렁 열려있는 열매를 오고가며 바라보는 즐거움이 마음을 푸근하게 해준다.

이 가을에 아름다운 모국어로 한올한올 옷을 짜듯이 글을 쓸 수 있는 재주를 주서서 감사합니다.

나는 몇 년 전 대학을 다니면서 겪었던 5.18 참상을 글로서 승화하면서 쓴 참여시 한 권 분량의 원고지를 보관하고 있었다. 글을 써본 경험이 있어서 멜로, 로맨스를 연결시켜 소설을 재미있고 감동을 줄 수 있는 교훈을 남길 수 있는 멋있는 작가로 거듭날 수 있도록 노력하고 있다.

이른 아침에 잠에서 깨어 출근하기 위해 토스트 두 조각에 모닝커피를 마시고 세안을 한 뒤 화장을 한다. 옷장을 열고 가을색깔에 어울릴 디자인을 골라 차려입고 집을 나선다. 깔끔하게 청소가 되어 있는 사무실 문을 열고 들어간다.

"좋은 아침!"

"예, 산뜻하고 기분 좋은 아침이네요."

"오늘 무슨 일 있어요. 차림이 분위기 있고 멋있어요."

"글쎄요. 건수가 있으면 좋겠네요."

출근한 직원들과 아침인사를 하며 덕담을 나눈다. 차 한잔씩 마시며 일을 열심히 하고 있는데 전화가 왔다.

"따르릉 따르릉…."

"네, 구청 문서계입니다."

전화벨이 가까이에서 울려 받았다.

"경희씨 나에요. 진영이."

"안녕하세요."

"예, 그동안 잘 있었어요. 오늘부터 남자친구로 정식으로 만나고 싶어서 전화했어요. 데이트합시다. 퇴근하고 거기에서."

"알겠어요."

나는 처녀막이 없는데 혼전관계를 해본 경험이 있는 사람인데 죄의식 같은 것은 없다. 그러나 나는 결혼에 성공해야 한다. 사람은 누구나 행복하게 살 권리가 있다. 잠시 있었던 과거 때문에 거리감을 두는 것은 옳지 않다. 자연스럽게 헤쳐 나가야 한다 하고 머릿속에서 생각이 맴돌았다. 한 번의 실수는 있어도 두 번 실수는 나의 인생에서 없다.

데이트 신청을 받고 한동안 생각에 잠겼었다. 하늘이 나에게 준 기회이다. 혼자 고통받으며 살아가라는 뜻이 아니라 한 번 실수는 누구에게나 있을 수 있는 법, 인생을 알차고 보람있게 살아가는 밑바탕이 되라는 하나님의 계시였다라고 믿고 있다.

서울에 올라올 때 옆에 앉아서 같이 있어준 남자, 한 바퀴 돌아서 서로 각자의 일 때문에 만날 수 없다가 다시 사회인이 되어 만나게 된 그는 특별하게 다가온다.

하루 일을 마치고 화장실에 가서 거울에 자신을 비추어보고 화장도 고치고 립스틱도 다시 바른다. 그리고 퇴근한다. 지난번에 만났던 공원 벤치에 앉아 그 사람을 기다리고 있었다.

"우리 이제 친구로 만나요."

"외롭거나 기쁠 때 슬플 때 만나서 대화를 나눌 수 있는 좋은 친구가 되도록 해요."

"배고파요. 밥 먹으러 가요."

"그래요."

나란히 앉아서 우린 친구가 되었다. 자주 만나서 마음이 진심으로 통하는 이야기를 나누자고 하였다. 신풍역에서부터 같이 걸었다. 간판에 뼈해장국, 감자탕, 선지국 집이라고 쓰여져 있는, 보통 서민들이 즐겨먹는 음식점에 문을 열고 들어갔다.

"어서 오십시오. 이쪽으로."

우리는 한쪽으로 가서 앉았다. 물과 물수건을 가지고와서 주문하라고 했다.

"감자탕 중간짜리주세요. 공기밥은 따라 나오지요. 그리고 소주 한 병도 주세요."

음식이 나왔다. 한 가운데에 감자탕이 보글보글 끓고 진영씨는 소주를 따른다. 같이 건배를 하고 진영씨가 술을 마시자 나도 홀짝홀짝 조금씩 따라마셨다.

"우리 이것 다 먹고 밥을 비벼 먹어요. 그 맛이 일품이에요."

배가 고픈 터라 감자탕을 다 먹고 남은 국물에 비빔밥을 따로 시켜 허기진 배를 채웠다. 도시에 살면서 고향친구와 같이 먹을 수 있어서 하나님께 감사드렸다.

나는 이제 혼자가 아니다. 나와 같이 할수 있는 친구가 있다. 우리는 저녁을 만족하게 먹은 후 진영씨가 계산을 하고 밖으로 나왔다. 반짝반짝 불빛이 유난히 밝아왔다. 진영씨가 손을 잡고 가게로 들어가자고 한다.

"핸드폰을 똑같이 커플로 사서 통화합시다."

이동통신휴대폰 가게에서 디자인이 세련되고 편리한 제품을 골라 주인이 통화가 될 수 있도록 전화를 하고 있었다.

"생각날 때나 보고 싶을 때 전화를 자주 할 테니 문자 보내는 것도 배워 편하게 사용합시다."

"핸드폰 비쌀텐데."

"그런 것 생각하지 말고 받아요."

우리는 핸드폰을 받아 이리저리 보고 실험삼아 진영씨가 전화를 했다. 듣기좋은 음악선율이 울렸다.

"네. 진영씨."

"집에까지 데려다 줄테니 걸어서 갑시다."

"예, 기분 좋은 밤이예요."

간단히 말하고 전화를 끊었다. 그리고 서로 마주보고 웃었다. 우리 이렇게 아기자기 재미있게 웃으면서 살아가자 말했다.

진영씨는 집 앞까지 와서 들어오지 않고 집으로 돌아갔다. 보이지 않을 때까지 손을 흔들고 서 있었다. 나는 집으로 들어가 느낌이 좋은 밤을 생각하면서 보냈다. 우리는 자주 전화하고 만나 시간을 같이 보내는 가운데 가을은 점점 깊어만 갔다.

"우리 이번 주말에 산에 가요. 적당한 온도 활동하기 좋은 계절에 단풍보러 산에 올라가요."

"그래요, 먹을 것은 내가 챙겨갈께요."

"좋아요. 그날에 만나요."

사무실에서 간단한 통화를 하고 열심히 일을 했다. 나는 퇴근 후 집에 들어가기 전 시장에 들려 김밥과 주먹밥 만들 재료들과 음료수, 과일을 샀다.

시월 초부터 중부지방의 산에 붉은색 노란색으로 물이 곱게 들기 시작하여 중순에는 단풍이 절정에 이르고 하순에는 전국의 산들이 붉게 타올라 감탄이 절로 나오는 감동의 물결이 흐른다고 날씨를 보도하는 시간에 보았다.

가을이라 가을바람 솔솔 불어오니 푸른 잎은 붉은 치마 갈아입고서 남쪽나라 찾아가는 제비 불러모아 봄이오면 다시오라 부탁하노라. 혼자서 노래를 부르고 진영씨를 생각하면서 잠이 들었다. 아침에 일찍 일어나 과일을 정성스럽게 예쁘게 깎아서 간편하게 일회용 그릇에 담았다. 등산복을 입고 배낭을 메고 버스정류장에서 만났다.

"소풍가는데 가을날씨가 참 좋네요."

"기다렸어요? 아침에 빨리 준비한다고 했는데 늦었네요."

"경희씨와 산에 올라가는, 추억을 새긴다는 생각에 가슴이 두근두근 거렸어요."

"저도 좋은 사람과 같이 함께하는 시간을 생각하니 행복했어요."

산에 오르기에 날씨는 알맞은 날이었다. 그러나 정상을 향해 오를수록 땀이 많이 나와 불쾌감이 올랐지만 정상에서 서서 불어오는 시원한 가을바람으로 상쾌해졌다. 비교적 낮은 산이라 한두 시간 걸렸는데 우리는 바위에 앉아 싸온 점심을 풀어 서로 먹여주면서 좋은 시간을 가졌다. 과일도 먹고 따끈한 커피를 마시면서 우리가 나누는 대화는 끝이 없었다.

산에 단풍이 아름다움을 몸소 체험하고 맑은 공기를 마음껏 마시고 호흡하면서 자연을 창조하신 하나님께 기도를 드렸다. 이 남자를 저의 곁에 보내주셔서 긴 인생의 동반자로 친구같고 애인 같은 따뜻한 성격의 남자를 만나게 해주셔서 감사합니다.

긴 시간을 산행하다가 내려와 우리는 집으로 향했다.

"너무 많이 먹어서 저녁은 생각이 없네요. 경희씨 집에서 따끈한 커피마시고 싶은데 괜찮아요?"

"괜찮아요. 버스가 오네요. 타요."

나란히 버스좌석에 앉아 서로 마주보며 웃었다. 버스정류장에서 내려 집으로 가는데 누가 집 앞에서 기다렸다.

"오랜만이요. 잘 있었소."

"아니 댁은…"

"나 성준혁이요. 어디 갔다오오."

"웬일이세요. 다른 데로 떠나셨는데 왜 찾아왔어요."

"잠깐 이야기라도 합시다. 누구입니까."

"그건 아실 필요 없고요. 용건이나 말씀하세요."

"나와 헤어진 지 얼마나 됐다고 벌써 남자가 있소."

"가만히 있으려고 하니까 화나게 만드네."

"그러니까 누구냐고."

"남자 친구예요."

"어디 가서 이야기좀 합시다."

나는 진영씨에게 열쇠를 주고 집에 들어가 기다리라고 말을 하고 같이 커피숍으로 갔다.

"등산 갔다 온 것 같은데 재미있었소."

"상관하지 말아요. 과거는 이미 흘러갔어요."

"나 결혼했소. 안 사람이 임신해서 내 생리적인 욕구를 해소할 데가 없소. 당신, 나만 보고 숨어서 살아요."

나는 더 이상 참을 수 없어 뺨을 쳤다.

"예전에는 어쩌지 못하고 당했으나 지금은 어림없어요. 가요. 다시 찾아오지 말아요."

자기만 아는 이기주의자 파렴치한 인간, 생각하고 싶지 않은 그 사람을 때리고 나는 그곳을 나왔다.

기분이 좋지 않았다. 그러나 진영씨가 혼자 내 집에서 기다리고 있다는 생각에 집으로 빨리 걸어갔다.

저녁무렵의 가을바람은 쌀쌀한 느낌이 들었다. 일교차가 크게 벌어져 아침저녁에는 늦가을이 되고 한낮에는 초가을 날씨였다. 나는 현관문을 열고 방안으로 들어갔다. 진영씨는 걱정스러운 표정으로 나를 바라보고 있었다.

"무슨 일이 있었어요?"

조심스럽게 말문을 열고 말해주기를 바라는 눈치다.

"커피 마실까요."

"그래요."

나는 커피 물을 올려놓고 인스턴트커피를 내가 선호하는 티스푼으로 적당한 양을 컵에 넣고 뜨거운 물을 부어 저었다. 커피향기에 용기를 내어 한 모금씩 마시며 말을 꺼냈다.

"저…, 그 사람은 사무실 상사였던 과장님이셨어요."

"과장이었단 말이요."

"예, 나에게 접근을 해 왔어요. 그런데 나를 버리고 다른 곳으로 발령을 받아 그쪽에서 조건 맞는 여자와 결혼을 했어요. 저랑 삼사 개월 부적절하게 사귄 남자예요. 지금은 아무 상관이 없는 그야말로 과거의 사람…."

"내가 잘못했어요. 서울에 올라올 때부터 계속 만났더라면 지켜줄 수 있었는데 내가 학생이라 학교 다니며 아르바이트하느라 당신을 염두에 두지 못했어요. 이제부터는 내가 챙기고 보호해 드릴께요. 그 어떤 어려움도 같이 헤쳐 나가요."

"진영씨, 고마워요."

진영씨는 나를 꼭 안아주었다. 가슴이 푸근하고 넓어서 쉬기 편안한 남자로 느껴졌다.

"이제 혼자두지 않을 겁니다. 나만 믿고 따라와요."

오랫동안 이야기를 하고 밤이 늦은 시간에 돌아갔다. 그날 밤은 여러 가지 생각이 머릿속에 맴돌았다. 내 마음이 안정을 찾은 것은 나와 같은 시대에 숨 쉬고 호흡하며 교육받은 세대차이가 없는 개방된 사고방식을 가졌다는 것이다.

낙엽이 되어 하나 둘 떨어지는 계절이 우리 곁에 왔다.

내가 사무실에 출근을 하면 핸드폰으로 진영씨는 전화를 자주 해서 무슨 일이 있는지 없는지 잘 살펴주었다. 퇴근을 하면 저녁을 집에서 같이 먹고 항상 잘 붙어 다녔다.

비가 내린 뒤 날씨가 쌀쌀해졌다. 주말이면 우리는 한강 이남에서 한강 이북으로 고궁, 박물관 등 유명한 곳 우리역사가 숨 쉬고 지금까지 전해 내려오는 유적지를 잘 돌아다녔다. 오늘도 영화를 감상하고 저녁을 먹은 뒤 집으로 돌아오는 길이었다. 또 그 남자가 기다리고 있었다.

"또 외출했소. 내 말 좀 들어."

"나와는 끝난 사이니까 관심두지 말고 오지마세요."

"이봐요 싫다는데 왜 찾아와요. 스토커입니까."

"당신은 상관하지 말아요. 두 사람 문제니까."

"난 경희씨와 결혼할 사람이요. 왜 귀찮게 구질구질하게 해요. 다시 말하는데 싫다잖아요."

"우리는 좋아하는 사이였어요. 지금도 나는 마음속에 지워지지 않는 진한 감정이 남아 있구요."

"결혼했다면서 댁의 가정으로 돌아가요. 이번에는 좋은 말로 하지만 경고하는데 다시 찾아오면 내가 가만두지 않을 겁니다."

"그만 가겠소. 경희씨 다음에 다시 오겠소. 당신은 제 삼자요. 끼어들지 말아요."

"이건 나와 관계되는 문젭니다. 우리는 사랑하는 사이니까 내가 지킬 것이요. 다시 오지 말아요. 그냥 그대로 놔두세요."

우리는 집으로 들어와 커피를 마시면서 서로의 마음이 통해 더욱 가까워지는 계기가 되었다.

밤바람이 차갑게 피부에 닿아 아직 11월 초지만 겨울로 향해가는 계절이라는 것을 느낄 수 있었다.

진영씨가 집으로 돌아가는데 같이 있는 시간이 많았다. 그런데 자꾸 헤어지기 싫어 문 앞에서 보이지 않을 때까지 손을 흔들고 서 있었다. 진영씨는 뒤돌아보며 들어가라고 손짓을 한다. 우리는 만나면 만날수록 아쉽고 애틋한 사랑으로 발전해 갔다. 부모형제를 떠나와서 서로 비슷한 사람끼리 살아가는데 서로 의지가 되는 필요한 만남이었다고 생각한다. 가을밤은 점점 깊어만 가는데 나는 일기를 쓰고 잠자리에 들었다.

바람이 불면 울긋불긋 노랗게 물든 가을 잎들이 갈색으로 변해 우수수 무더기로 떨어진다. 우리는 낙엽을 밟으며 바삭바삭 소리에 시어를 읊프면서 가을의 멋과 낭만을 즐긴다.

꽉 낀 청바지를 같이 입고 거리를 돌아다닌다. 젊음 하나 만으로 아무런 부러울 것이 없는 인생의 큰 자산이었다. 가진 것이 없는 우리는 부귀영화를 쫓지 않고 인간답게 사는 방법을 터득해 나갈 것이다.

돈은 네 발 달린 짐승과도 같아 인간이 쫓아 다닐 수 없다. 사람이 똑똑하면 돈이 따라올 수 있도록 만든다. 남의 것을 탐내지 않고 우리는 노력으로 잘 살아 나갈 것이다. 인간이 따라다니면 도망가는 습성이 있는 돈을 우리 안으로 들어올 수 있도록 최선의 노력을 다할 것이다. 그리고 은혜를 내려주시라고 하나님께 기도를 한다. 99% 노력을 하고 하늘의 뜻을 기다리련다.

마지막 낙엽이 떨어진 빈자리에 첫눈이 내려 나뭇가지에 가만히 쌓인다.

나는 진영씨의 팔짱을 끼고 눈을 맞으며 걸었다. 거리가 보이는 투명한 유리창을 한 카페에 들어가 앉았다. 그리고 커피라떼와 샌드위치를 시켰다. 맛있는 냄새가 식욕을 자극한다. 잔잔한 음악이 흐르고 우리는 마주보면서 샌드위치 한 조각을 건넸다. 커피 한 모금에 샌드위치 한입 잘 어우러져 맛이 일품이다. 지나가는 사람들을 바라보며 한해도 얼마 남지 않은 그러나 행복한 시간을 보냈구나 안도감이 흐른다.

이젠 정말로 겨울의 문턱을 넘어 추운 날씨가 계속 이어진다. 우리의 젊음은 추운 줄도 모르고 거리를 쏘다닌다.

나무는 앙상한 가지만 남아 바람에 이리저리 흔들려 소리가 난다. 높은 가지에 매달려 딸 수 없었던 빨간 감은 새들이 쪼아 먹어 속살이 보인 채로 햇빛에 반사된다.

하늘을 나는 참새를 보라, 누가 돌보는 자가 없어도 살아가지 않느냐. 하물며 만물의 영장인 사람은 하나님이 살 수 있게 만들어 준다. 묵상을 하며 손을 모우고 기도를 한다.

크리스마스이브 눈 내리는 밤이 되었다. 행사가 있어 진영씨와 교회에 갔었다.

"화이트크리스마스 안녕하세요."

"소라야, 지수씨도 왔네."

"서울에서 취직했어. 서울에서 살게 됐어요. 종종 볼 수 있게 되어 반가워요."

"남자친구 박진영입니다."

서로 인사를 하고 멋있는 화이트크리스마스 밤의 1부 행사를 관람하였다. 목사님의 말씀을 듣고 2부에는 친목도모 다과회가 있었다. 약 2시간 동안 재미있는 시간을 보내고 자정예배를 보고 나서 눈을 맞으며 집으로 돌아갔다.

"소라야, 지수씨 다음에 또 뵈요."

"그래요, 잘 가요."

"크리스마스 잘 보내."

덕담이 오고가고 둘이서 쌍쌍이 헤어진 후 걸어서 집에 왔다. 진영씨는 집으로 돌아가지 않고 같이 밤을 보냈다.

객지생활 2년, 우여곡절이 많았지만 나는 성숙한 여인이 되었다. 은종소리에 모든 갈등은 해소가 되어 우리의 사랑은 깊어만 갔다. 보고 있어도 보고 싶은 헤어지고 싶지 않은 이른 아침에 눈을 뜨면 제일먼저 보고 싶은 사람이 되었다.

연말 마지막 밤 연세대학교 강당에서 가수들의 송년음악회에 참석하였다. 많은 사람들이 모여 음악을 감상하고 올해를 마감하는 의미 있는 자리를 우리는 함께했다.

세찬바람이 부는 깊은 밤, 손을 꼭 잡고 젊은 날을 같이하고 곱게 둘이서 늙어갈 때도 같이 바라보며 힘이 되자고 다짐하였다. 오랫동안 사귀었던 젊은 친구들 작별이란 왠 말인가 가야만 하는가 노래가 끝나고 막을 내렸다.

7. 사귀다

대망의 밝아오는 새해가 동쪽하늘로부터 솟아왔다. 매년 맞이하는 새해지만 새롭게 느껴지는 것은 같이하는 사람과 함께하기 때문일 것이다.

정초에는 하고 싶은 것을 날마다 해나간다고 나 자신과 약속을 한다. 그러나 약속을 지키지 못하고 작심한 지 3일 만에 원래상태로 돌아오고 만다. 열두 달 매월 초에 또 약속을 한다. 이제 이 나이에는 작심을 하면 한 달까지 간다. 성격이 습관이 된 것이다. 습관이 되면 운명도 바꿀 수 있다고 생각하면서 지금 하고 싶은 일이 무엇인가 나 자신에게 묻는다. 국문과 문예창작과는 나오지 않았지만 글쓰기에 도전하고 싶다는 꿈과 희망을 새해 아침 내 가슴 속에 심는다.

언론출판의 자유가 없어 지금은 마음대로 할 수가 없지만 시대는 시간이 흘러가면 변한다고 보고 있다.

나약한 인간은 앞일이 어떻게 변할지 한치의 앞을 바라볼 수 없다고 하지만 온고이지신이라는 고사성어가 있지 않은가. 옛것을 미루어 새 것을 발견하고 내다 볼 수 있다는 말이다.

나라의 앞일을 내다보려면 무엇을 해야 하는가.

10년을 내다보려면 나무를 심고 백년을 내다보려면 교육을 해야 한다고 했었다. 가정교육 학교교육을 받은 나는 과감히 남이 가지 않는 길을 가려고 계획을 세우고 있다.

겨울바람이 윙윙 소리를 내고 유리창을 흔들면서 멀리 사라진다. 온도가 영하로 떨어진 추위가 찾아와 모두 거북이 걸음이다.

칼날 같은 추운 날이 있으면 또 따뜻하고 포근한 날이 우리에게 있다. 올해의 겨울은 추위를 느낄 수 없을 정도로 따뜻하다. 내 옆에 믿음(신뢰)을 줄 수 있는 듬직한 남자가 있기 때문이다. 나의 꿈을 이룰 수 있게 안정감이 있는 울타리가 되어 준다는 좋은 남자가 있기 때문이다. 나를 지켜주는 세상의 거센 바람에도 쓰러지지 않게 버팀목이 되어준다는 수호천사 같은 존재가 있기 때문에 행복하다.

눈이 내리고 천둥번개가 치는 비가 내릴 때도 태양은 여전히 하늘에 존재하며 모두 그치면 산하는 더 아름답게 비춘다. 한동안 뜸하더니 진영씨는 안개꽃과 붉은 장미로 장식된 꽃바구니를 들고 나타났다.

"오늘이 우리가 만난 지 백 일째 되는 날이야, 자 받아요."

너무 감동을 받아 눈물이 글썽거리다가 주르르 흐른다. 꽃바구니 한 가운데에 메모도 꽂혀 있었다.

사랑하는 경희씨! 장미꽃보다 더 예쁜

상처받지 않고 매일 웃으면서 살아가요

진심으로 사랑해요
-진영-

　나는 진영씨 품속에 와락 안겼다. 키스도 달콤하게 매력적으로
했다. 목마른 갈증을 해소하듯 부둥켜 안고 입술을 맞대고 한참
떨어지지 않았다.
　"사랑해."
　"나도 사랑해요."
　"오늘 스케줄은 나에게 맡겨요. 먼저 밥부터 먹읍시다."
　"예, 그래요."
　장미꽃바구니를 한쪽 화장대 위에 올려놓았다. 짙은 꽃향기가
방안 가득히 엔도르핀이 솟아나오는 느낌이었다. 공단역에는 회
사원들이 많아 번화가가 된 곳이다. 고급레스토랑도 있다. 우리
는 레스토랑의 문을 열고 들어갔다. 분위기가 아늑하고 부드러운
음악이 흘러나왔다. 스테이크 정식코스를 시켰다. 와인도 한잔
씩 먼저 나와 마셨다. 소고기 등심을 살짝 익혀 소스와 같이 나온
음식을 칼과 포크로 천천히 잘라 맛을 음미하며 먹었다.
　"이제 우리 친구에서 한 단계 발전하여 결혼을 전제로 사귀는
연인이 됩시다."
　"당신 말을 존중하며 따를게요."
　"고기가 부드럽고 맛이 좋네요. 많이 먹어요."
　"네, 맛이 있는 좋은 음식이네요. 음악도 좋구요."
　"나는 당신이 첫 여자이고 마지막 여자입니다. 당신 밖에 없어
요. 서울에서 3~4년 살았지만 당신만한 여자가 없어요."

"정말요?"

"그럼요. 당신을 만나기 위해 태어난 것 같아요."

"호호호."

"하하하."

우리는 마주보고 대화하면서 웃었다.

"다음은 영화보러 영등포역 신세계백화점 안에 있는 극장으로 가요."

맛있는 저녁을 먹고 계산을 하고 레스토랑을 나왔다. 시흥대로 택시 타는 곳에서 택시를 잡았다. 영등포역에서 내려 신세계 안으로 들어갔다. 영화표를 구입해 극장 문 앞에서 30분정도 기다려야 했다.

진영씨는 그 사이 아메리카노커피를 사왔다. 따끈한 커피를 들고 극장 안으로 들어가 좌석번호대로 나란히 앉았다.

시간이 되어 드디어 영화가 시작되었다. 내용은 러브스토리였다. 우리는 주인공 여자 남자가 사랑을 표현하면 따라서 표현했다. 남자가 여자를 안으면 진영씨가 포옹을 하고 키스를 하면 우리도 키스를 했다. 가만히 손을 잡고 두 시간 가까이 영화를 감상했다. 스킨십, 촉감이 너무 좋았다. 우리는 더욱 가까워졌고 자연스러워졌다.

"영화가 너무 감명을 줬어요."

"너무 좋았어요. 스토리에 나온 주인공들이… 우리도 사랑을 키워가요."

우리는 극장을 나오면서 소감을 말했다. 잊을 수 없는 추억을 만들었다.

"우리 삼차가요. 특별한 날이잖아요."

"어디가요."

"노래방에 사회생활에서 받은 스트레스 풀러가요."

"좋아요."

해가 짧아져 밖은 어두워졌다. 마음껏 자유를 즐겼다.

영등포역 근처에 있는 노래방에 들어갔다. 대중가요 '잊혀진 계절'이 흘러나왔다. 같이 노래를 부르는 동안 음료수, 과자가 나왔다. '첫사랑' '사랑이요' '편지' 등등 한 시간 동안 유행한 노래를 듀엣으로 불렀다. 그동안 쌓였던 스트레스가 확 날아갔다.

"집에까지 데려다줄게요. 가요."

"너무 재미있었어요."

"우리 이렇게 아기자기하게 재미있게 살아요."

택시를 타고 공단역에서 내려 손을 잡고 집에까지 걸어갔다.

"한 시간 동안 기다렸소. 밤이 늦었는데 또 어디에서 오는 거요."

"아니 다시는 오지 않을 줄 알았는데…."

"추운데 들어오라는 소리는 안하고 무슨 소리요."

"이보세요. 성준혁씨 지금이 어느 시대인줄 아세요."

"왜 또 나서요. 우리 둘의 문제인데."

"정신 차려요. 가정으로 돌아가세요."

"이 여자는 내가 임자요. 내 여자란 말이요."

'철썩~' 뺨을 때리고 주먹으로 서로 싸우고 한 동안 치고받고 야단법석이었다. 나는 말렸지만 남자들의 힘을 어찌 할 수 없었다.

"전번에 말했을 텐데요. 또 한 번 경희씨를 괴롭히면 가만두지 않는다고 경고를 했을 텐데요."

"……."

"이렇게 당하고 다시 오지 않을 거라고 말해요."

"알았어요."

"똑똑히 알아둬요. 나와 결혼할 여자요. 내 여자는 내가 지킬 거요. 댁 같은 사람은 사람 탈을 쓴 철면피요. 인생을 그렇게 살지 말아요. 약한 여자를 괴롭히는 나쁜 버릇을 고쳐 인간답게 살아요."

얼굴이 터지고 피가 난 채로 비틀비틀 걸어서 가는 것을 보고 우리는 집으로 들어가 얼룩진 피를 뜨거운 물로 수건을 짜 닦았으나 지워지지 않았다.

그런 일을 겪으면서 우리의 사랑은 깊어만 갔다. 하나가 없으면 서로 불안했고 같이 있으면 모든 것이 행복했다. 이 추운 겨울에 추운줄 모를 정도로 젊음의 열기로 뜨겁게 타올랐다.

영하 십도까지 내려가는 한파가 이어지는 날씨에도 우리는 춥지 않았다. 가진 것 하나 없는 우리는 젊음만이 큰 재산과 같은 특권을 누릴 수가 있었다.

추위가 빨리 찾아오더니 봄이 온다고 알리는 입춘이 지나고부터 예년에 비해 따뜻하고 포근한 기단이 올라왔다.

그렇지만 아직은 겨울이다. 바람 끝이 매서운 추운 기운이 묻어 나온다. 땅 속에서는 놀라운 기적이 일어난다. 비닐하우스 재배하는 곳에서는 상추, 오이, 달래, 냉이 등 봄에 나오는 식물들이 미리 시장에 흘러나와 잃어버린 식욕을 돋우어 준다.

묶은 김장김치를 송송 설어 깻잎, 애호박을 넣고 해물로는 오징어를 손질하여 넣고 밀가루 반죽하여 부침개를 만들어 막걸리에다 먹는 그 맛, 둘이 먹을 수 있어서 행복했다.

혼자 살면서 터득한 살림하는 방법이었다. 이제는 내가 해준 음식을 맛있게 먹어주는 남자가 있어서 든든하다.

나는 여전히 공무원으로 근무를 잘하는 멋있는 아가씨가 되어 있었다. 내가 맡은 일 분야에서 한몫하는 능력 있는 사회인으로 성장해 있었다.

국민이 낸 세금으로 월급을 받기 때문, 월급이 적지만 남의 것을 탐내지 않고 청렴결백을 생활신조로 삼고 가난하지만 하늘을 우러러 한 점 부끄러움이 없는 생활을 하였다.

가난은 잠시 불편하지 부끄러운 것이 아니다. 나의 열악한 환경을 딛고 내가 잘하는 부분을 발견하여 무에서 유를 창조할 수 있는 성공을 이루어 내기위해 나름대로 노력을 하고 있다. 아직은 혼자만이 하고 싶다는 꿈과 희망으로 발전하는 단계에 이르고 있다.

몇 번의 추위가 왔다가 풀리는 꽃피는 것을 시새워 찾아오는 추위가 지나더니 우리 곁에 봄이 왔다.

서울 올라온 지 세 번째 맞이하는 봄, 나뭇가지에 떡잎이 나오기 위해 물이 오른다. 남쪽에서 불어오는 봄바람 살살랑 치맛자락이 나부낀다. 양상한 가지의 눈 속에서 새싹잎이 나올 기미가 보인다. 따뜻한 봄 햇살이 내리 비추이는 양지에 씨앗을 심는 우리의 정서를 가꾸기에 좋은 날씨이다.

집에서 조금 떨어진 빈 공터의 한 장면이 눈에 아른거린다. 하나님은 누구에게나 잘 할 수 있는 달란트 하나씩을 주셨다. 잘하는 부분이 하나도 없다고 하는 사람은 아직 발견하지 못한 탓이다. 그 달란트를 잘 가꾸고 노력해서 몇 십 배 몇 백 배 열매를 맺도록 하는 것이 사람의 도리이다.

교회에 가서 하나님 말씀을 가슴 속에 새기고 같이 나오는데 말을 한다.

"나 사는 집에 보지 않을래요?"

"가보고 싶어요. 어디에서 살아요?"

"누추하지만 같이 가요."

진영씨를 따라서 도착한 그 곳은 햇볕이 들어오지 않는 반 지하 방 하나에 화장실과 부엌이 하나인 서민 중에서도 아주 서민들이 사는 그런 생활을 하고 있었다. 그러나 진실하고 성실한 그가 좋았다. 아직 젊은데 사람만 좋으면 돈은 있다가도 없고 없다가도 있는 법, 그의 인간미에 끌려 모든 면이 좋았다.

"가진 것도 없고 젊다는 것밖에 아무런 내세울 것 없는 사람이어요."

"나는 진영씨 자체를 좋아하지 그에 따른 조건은 따지지 않아요. 있는 그대로를 사랑해요."

"고마워요. 사랑해요."

진영씨가 커피를 타서 한잔씩 마시면서 이런저런 얘기에 우리의 사랑은 서로를 향한 열정과 믿음으로 가득 차올랐다.

나는 한번 쓴맛을 본 사람인데 진영씨는 과분한 사람이다. 놓칠 수 없는 꼭 잡을 수밖에 없는 나의 운명 같은 사람이다. 진영씨는 집에까지 데려다주고 그리고 밥을 해서 저녁을 같이 먹자고 하자 좋아했다.

저녁을 먹고 돌아간 뒤 혼자 누워서 여러 가지 생각이 떠올랐다. 무엇을 하면서 살아야 하나. 지금은 언론출판 자유가 없는데 언젠가는 그 자유가 풀리면 나는 어떤 사람이 되어 있을까?

그 시대를 위해 준비를 하자.

가진 것이 없다고 헤어진 사람도 있는데… 나는 능력을 기르자. 나는 나의 경제적 여건이나 결혼할 사람이 가난하다고 해서 실망하지 않았다. 오늘의 말씀에 자기가 받은 달란트(유대인들의 화폐단위였던 달란트는 요즘들어 '타고난 재능과 소명'을 뜻한다)가 무엇인가 하고 곰곰이 생각해 보았다.

어려서부터 잘한다고 칭찬받은 것은 글쓰기였다. 그래, 이 분야를 개척해보자. 그 어떤 어려움도 많이 따라올텐데 젊은데 그 밑천으로 한 번 시작해보자.

정초에 세웠던 결심을 내 마음속에서 다시 확인하는 계기가 되었다. 독서노트와 일기를 준비해서 보고 듣고 간접경험 직접경험하는 것을 느낀대로 쓰기 시작했다.

그 사이 봄은 한가운데에 와서 꽃을 피우고, 벌과 나비들은 꿀을 찾아 날아드는 날들이, 짧은 봄날이지만 계속되었다.

강남갔던 철새들도 찾아와 자유롭게 창공을 날아다녔다. 이 봄날이 아름답고 새롭게 다시 느껴지는 이유는 함께 하는 남자가 있기 때문이다.

새롭게 하소서. 아름답게 하소서. 변화되게 하소서. 먼저 나 자신을 사랑하고 남을 사랑하고 이웃을 사랑하고 사회와 국가를 사랑하고 더 나아가서는 세계 인류에 공헌할 수 있는 사람이 될 수 있도록 노력하는 사람이 되게 해 주소서.

인생을 그냥 흘려 보내는 무의미한 삶이 아니라 내가 원하는 것은 나의 힘으로 노력해서 얻을 수 있도록 용기와 지혜를 주소서.

초여름 상큼한 아침, 시원한 바람이 피부촉감으로 불어 너무나 감미롭다. 낮에는 삼십도까지 온도가 오르지만 시원한 느낌이지 덥지는 않은 날씨다. 매일 만나서 우리는 밥을 같이 먹고 커피도 같이 마신다.

"이번 휴가를 같이 보낼 수 있도록 날짜를 맞추어 봐요. 양가 부모님께 인사를 해야 올해 안으로 결혼 할 수 있어요."

"예, 결혼해요?"

"나를 좋아하잖아요. 우리 서로 사랑하는데 결혼해서 합쳐 살면 여러모로 좋은 점이 더 많아요."

"생각 좀 해보구요."

결혼하는 게 큰 변화인데 막상 결혼이란 말이 나오니까 그런 환경에서 잘 살아나갈 수 있을까 생각이 많아졌다.

그래 나는 결혼생활 잘 할 수 있어. 서로 맞지 않은 부분은 노력해서 맞추어 가며 사는거야. 신뢰할 수 있는 사람이잖아. 나만을 생각해주는 좋은 남자인데 어디 가서 저만한 사람 만날 수 없다. 비가 많이 내리는 장마철이 지나고 작열하는 태양별 찜통더위가 가시고 열대야가 사라지는 8월 둘째 주 우리는 여름휴가를 받아 광주로 향하는 고속버스에 나란히 앉아있다. 많은 이야기를 나누었는데 결혼 후 어떻게 살 것인가에 대해서도 대화를 하였다.

"아이가 생기면 엄마가 키우면 좋겠다는 생각을 했어요."

"결혼하면 아이들 키우고 살림하면서 하고 싶은 일이 있어요."

"그것이 무엇인데요."

"어려서부터 잘한다고 칭찬받은 것이 글 쓰는 거예요. 가정에서 시간을 활용하여 작가가 되고 싶은 것이 나의 꿈이예요."

"그래요. 그런 재주도 있어요? 적극적으로 성원해 드릴게요."

"정말이예요. 그래도 되요?"

"그럼요, 하고 싶은대로 하고 살아요. 재능이 있는데."

"고마워요, 진영씨."

나의 말을 들어주고 존중해주는 넓은 마음이 나로 하여금 사랑이 싹터서 진영씨를 믿고 따르게 하였다. 이런 남자라면 평생 같이 살아도 변하지 않을 좋은 사람이다. 드디어 광주에 도착하여 택시를 타고 집근처에서 내렸다. 대문이 열려져 있어 들어가자고 했다.

"엄마, 경실아!"

"경희야 왔어? 사윗감 데리고 같이 왔어?"

현관문을 열고 거실로 올라갔다.

"저 경희씨 하고 결혼하고 싶어 허락받으러 왔습니다. 박진영이라고 합니다. 절 받으십시오."

"큰 절 안해도 되요."

"아닙니다. 사윗감으로 받아주십시오. 말 내리십시오."

"경희하고 잘 살면서 잘해주면 되네."

"아버지는 휴가 끝났어요? 호진이는 곧 제대하겠네요!"

"언니, 형부 데리고 온다고 해서 맛있는 음식을 많이 했어."

"배고프겠다. 상 차리자."

"처제라고 부르겠어요. 잘 부탁해요."

"그럼요, 대학3학년 아직 학생입니다."

아버지가 퇴근하여 오시자 인사를 했다. 어디에 다니는가 여러 가지 물으시자 성심성의껏 답을 해 드렸다.

"형제는 몇인가."

"아버지는 은행에 다니시고 아들만 둘입니다. 그 중 둘째입니다."

"사윗감이 선물도 가져왔어요. 여보."

"그래, 우리 딸하고 서로 아끼면서 행복하게 살면 되네. 약속할 수 있겠는가."

"예, 열심히 잘 하면서 살겠습니다."

저녁을 온 식구들과 같이 먹고 내일은 진영씨 집에 인사가자고 데리러온다고 하고 일어서서 인사를 하고 집을 나섰다. 그렇게 더운 날씨가 아니고 한풀 꺾여서 저녁이 되자 시원함을 느낄 수 있을 정도로 가을이 온다고 소식을 알리는 입추가 내일이다.

그래도 한 낮에는 더웠다. 시간이 되자 진영씨가 데리러왔다.

엄마는 처음으로 인사가는데 그냥가면 안된다고 소고기 등심 두서근과 수박을 사서 들려보냈다.

나는 시부모되실 분들께 정중히 절을 했다.

"어머니, 아버지. 며느리 될 사람이에요."

"어디서 이런 참한 아가씨를 만났니. 우리 진영이 짝으로 좋은 색시감이다. 안 그래요. 여보."

"형님, 형수님도 신혼인데 나도 장가가야겠어요."

온 가족이 반가워했다. 형님은 중학교 선생님이시고 형수님은 유치원 선생님이라고 한다. 이런 집안으로 시집을 가야 사랑받고 산다고 생각했다. 사람으로 인해 상처받은 것 사람으로 치료받아야 된다. 그래야 성장하고 발전할 수 있다. 한 번 실수는 병가지 상사라고 하지 않았던가. 교훈삼아 인생을 잘 살아낼 자신이 생긴다.

이른 저녁을 가족과 함께 먹고 후식으로 커피와 과일을 먹은 뒤 진영씨가 집에 데려다 주었다.

일주일 동안 하루도 빼놓지 않고 진영씨는 집에 찾아왔다. 식구들의 관심을 뒤로 일요일날 서울행 고속버스에 같이 앉아 올라가고 있었다. 이젠 혼자가 아니고 인생의 긴 여정을 손잡고 같이 갈 동반자가 있어서 믿음직스럽고 정신적으로 안정이 되었다.

전철을 타고 우리가 사는 곳까지 무사히 생활에 복귀하였다. 날씨가 점점 더 시원해져 알맞은 온도에 활동하기 좋은 아직은 여름이지만 느낌은 아침저녁으로 초가을이다.

땡볕 뜨거운 더위가 열매를 알곡으로 익어가기 위한 과정으로 하나님의 오묘한 섭리가 느껴져 고개가 숙연해진다.

가을에는 아름다운 언어로 기도하게 하소서. 어느 시인을 생각하게 하는 그리고 시를 쓸 수 있는 창작의 시간을 허락하신 주님께 감사 기도하는 나 자신을 발견한다.

어디에서 불어오는 바람일까. 촉감이 피부에 와 닿는 시각과 후각으로 바라보는 가을의 넉넉한 마음으로 전해지는 따뜻함. 열매가 주렁주렁 매달려 있는 풍족한 가을, 풍성함이 사람이 사람답게 만들어 주는 깊은 감동이다.

밤에는 귀뚜라미가 울어대는 도심에서도 찾아볼 수 있는 소리다. 반짝이는 별을 둘이서 바라볼 수 있어서 너무 행복하다. 행복이 무엇이냐고 묻는다면 당신 없는 행복이란 있을 수 없다고 말하고 싶다. 서로 사랑하는 마음이 있어야 행복도 느낄 수 있는 것이다.

마음속에 존재하는 오묘한 힘, 세상을 살아가는 밑바탕이 되는 것이다.

8. 성공

해년마다 이맘때면 초록이 더운 열기에 지쳐 채색된 그리메(그림자), 변하기 위해 이파리가 뿌리로부터 수분을 공급받는다.

올해도 너무 아름다웠노라. 남쪽나라 햇볕이 더욱 내리비추어 단맛이 짙은 알맹이 속으로 여물어 가도록 자연의 혜택을 누릴 수 있도록 해 주심을 감사드립니다.

가을에는 사랑을 하게 하소서. 사랑 중에서도 가장 강한 애인과의 사랑을 하여 가정을 갖고 열매를 맺을 수 있도록 축복을 내려주소서.

가을하늘은 파랗고 맑고 높은 창공을 마음대로 나를 수 있는 자유를 나는 원한다. 사랑은 사람의 일이라 앞일을 모른다고 하지만 하고 싶은 일을 할 수 있는 자유가 있으면 세상은 삭막하지 않고 살아볼 만한 세상이 올 것이라고 나는 믿고 있다.

그때가 언제일는지 자세히 알 수 없지만 그 시대를 위해 준비하며 살아가고 있다.

밤 열시가 되어 가는데 핸드폰으로 진영씨가 전화를 했다.

"예, 진영씨 무슨 일이에요."

"카페로 나와요."

밤이 깊어 가는데 나오라는 곳으로 갔다. 불은 카페입구만 켜져 있고 모두 꺼져있었다.

문을 열고 들어서자 폭죽이 터지고 불이 켜지면서 기타반주에 맞추어 멋진 노래로 화답했다. 고무풍선과 액세서리로 장식한 그 가운데 케이크가 있었다. 장미꽃다발을 선물로 한 아름 안겨주고 결혼신청을 했다.

"그대여 나와 결혼해 주세요. 불행 끝 행복시작. 사랑해! 결혼해서 알콩달콩 재미있게 아끼면서 살아요."

나는 눈물이 주르르 흘렸다. 너무 감동해서 와락 안겼다.

"우리 결혼해요."

품속에서 한참 울었다. 케이크를 잘라 접시에 덜어 같이 나누어 먹으면서 앞으로 어떻게 살 것인가, 구체적으로 계획을 세우자고 하였다.

진한 감동으로 늦은 시간에 집에 돌아와 꿈속에서 만나자고하였다.

"내꿈꿔."

"자기야, 꿈속에 나타나요."

집 앞에서 헤어졌다. 시월 초에 쉬는 날이 많아 가족이 서울에 올라와 상견례를 하자고 날을 잡았다.

차 소리로 시끄러운 가을, 밤공기가 맑아 기분이 상쾌해졌다. 나는 집 안으로 들어와 이를 닦고 잠을 자기위해 침대에 누웠다. 사랑하는 사람을 꿈속에서도 만날 수 있다는 생각으로 꿈나라로 나래를 폈다.

　며칠이 지난 후 가족이 모두 서울에 올라왔다. 부모님과 군대에서 제대한 호진이 그리고 경실이, 진영씨네 부모님과 형님내외분, 만나기로 한 일식집에 모두 나왔다.

　양가 아버님들께서 먼저 인사를 나눈 뒤 돌아가면서 소개를 했다. 점심을 먹으면서 양가부모님이 매우 흡족해 하셨다.

　"우리가 자식을 나누어가진 가장 가까운 남이지 않습니까."

　"그렇습니다. 형제보다 더 가까운 사이지요."

　"약혼식은 생략하고 결혼먼저 한다고 하더군요. 아이들이 알아서 하도록 합시다. 안사돈."

　"예, 이제 다 컸으니 둘의 의견을 존중하지요."

　어머니 두 분도 혼수를 간략하게 하고 조그마한 아파트 전세라도 마련하게 조금씩 도와주도록 하자고 합의를 보았다.

　"호진이 처남, 군대에서 제대했다고 들었는데 늠름하고 잘생겼어. 친하게 지내도록 하자."

　"예, 매형."

　동생들도 매우 좋아했다. 양가 부모 형제들이 허물없이 축복해주는 결혼을 하게 되어 마음이 안정되고 거기에서 느끼는 행복이 너무 컸다.

　결혼은 서울에서 하기로 하고 부모님은 하룻밤을 주무시고 광주로 내려가셨다.

　먼저 결혼식을 백악관웨딩홀에서 하기로 둘이 가서 예약을 했다. 신혼집은 진영씨네 전세방을 빼고 내가 살고 있는 원룸 전세값과 조금씩 저금해 둔 돈을 합해 회사 가까운 공단역 근처에 아파트를 얻었다.

부모님의 도움을 받지 않고 우리 힘으로 살아가자고 약속을 했었다. 내가 독립할 때 처음 서울에 올라와 살기 시작할 때 많은 도움을 받았다. 더 이상 부모님에게 부담을 드리는 건 자식된 도리가 아니라고 서로 생각이 같았다. 신혼여행을 제주도로 갈까, 태국으로 갈까하고 고민을 하다가 제주도나 태국이나 비용이 비슷하니 기왕이면 외국으로 가자고 같이 정했다.

가을이 점점 깊어가기만 하는 계절 인생의 쓴맛을 경험한 나는 다행이 좋은 남자를 만나 일 년 열애 끝에 결혼식을 올리기로 했다.

청첩장을 받은 손님들은 아버지 지인분들과 회사직원들, 구청 직원들이 당일 날 참석해서 우리들의 새 출발을 축하해 주시기로 했다. 잠을 잘 자야 화장이 곱게 잘된다고 전날 밤 행복한 꿈을 꾸며 모든 것을 내려놓고 단잠에 빠졌다.

아침 일찍 일어나 목욕탕에서 샤워를 하고 예식장에 신부화장을 하기위해 아홉시가 되기 전 도착을 했다. 조금 있으니 친구 소라와 사무실직원 지연씨가 신부화장실에 보러왔다. 작년 봄에 결혼한 현미씨는 임신해서 배가 부른 터라 식이 시작되기 전 참석한다고 전화 왔다.

인생에 가장 아름다운 날, 최고의 기분 좋은 날, 예쁜 면사포를 쓰고 눈처럼 하얀 드레스를 입고 한손에 분홍장미로 만든 부케를 들고 아버지의 손을 잡고 신랑입장에 이어서 신부입장을 했다.

진영씨도 함 파는 것은 생략해서 지난밤 잠을 잘 잤는지 컨디션이 좋아보였다. 신랑이 걸어 나와 인사를 하고 신부 손을 건네

받고 주례선생님 앞에서 서약을 하였다. 기쁠 때나 슬플 때 좋을 때나 나쁠 때에도 항상 같이 하며 인생의 동반자로 평생 살아갈 것을 다짐하는 내용으로 긴 말씀을 해 주셨다. 진영씨의 대학 때 은사님이 주례를 보셨다.

비디오와 사진도 찍어서 같이 편집하여 두고 볼 수 있게 만들었다. 한 시간이상 긴장을 하였으나 무사히 폐백까지 마치고 뒤풀이도 재미있게 하였다.

첫날밤을 호텔에서 보내고 다음날 새벽 비행기로 신혼여행을 떠나기로 했다.

나는 이렇게 한 남자의 아내가 되었다. 어렵게 가정을 만들어 아들 딸 낳고 한세상 보람있게 살다가 인생을 마쳐야겠다고 다짐도 같이 하고 잘 살아보자고 계획도 세웠다.

3박4일 동안 신혼여행을 태국으로 갔다 와 시댁에서 하룻밤, 친정에서 하룻밤 자고 신혼집에서 둘이서만 생활하는 신혼부부로 새 출발을 하였다.

우리는 부부가 되어 행복하게 신혼의 재미에 빠져있는데 산과 도심 속의 나무들까지 단풍이 들어 낙엽되어 떨어지는 낙엽철이 우리 가까이에 와 있었다.

음식 할 줄을 몰라 광주에서 엄마가 올라오셔서 시장을 보고 여러 가지를 만들어 회사직원들을 초대해 집들이도 했다. 나는 구청사무실을 연말까지만 다니기로 말을 해 놓았다.

남편 퇴근시간은 5시 30분인데 두 시간 더 잔업을 해서 집에 오면 8시가 된다. 나는 해가 짧아져 퇴근시간은 5시, 집에 오면 6시가 된다. 먼저 와 저녁준비를 한다. 오늘 저녁은 해물탕을 하려고 퇴근하고 시장에 들러 몇 가지 재료들을 사왔다. 요리책과 인터넷에서 요리할 것을 찾아 처음으로 요리를 해 보았다. 밥이 다 되고 해물탕이 보글보글 끓을 때쯤 남편이 초인종을 누른다. 딩동딩동 소리가 난다.

"네, 자기에요. 여보."

현관문을 열고 남편을 맞이한다. 안고 뽀뽀를 한다.

"맛있는 냄새가 나요."

옷을 벗고 갈아입으면서 말을 한다.

"배고프지요. 손 씻고 앉아요. 밥 차렸어요."

"무슨 찌개에요?"

"해물탕을 끓였어요. 맛이 어때요?"

"음~ 당신도 장모님을 닮아 음식솜씨가 있나 봐요. 제법 맛있어요."

남편은 밥 한 공기를 해물탕에 비웠다. 그리고 밥을 더 먹었다. 후식으로 과일 몇 쪽을 먹은 후 설거지를 하고 아홉시 뉴스가 끝나자 우리는 둘만의 달콤한 시간을 가졌다.

신혼재미에 푹 빠져 시간가는 줄 모르게 지나갔다. 크리스마스가 지나고 연말이 되었다.

나는 3년간의 공직생활을 마무리하고 종무식을 끝으로 사표를 제출했다. 사무실 직원들하고 망년회 겸 마지막으로 환송하는 회식이 있었다. 구청옆 직원들이 자주 다니는 곳으로 맛있는 냄새가 식욕을 자극하는 저녁식사 때라 손님이 많았다.

과장님 이하 여덟 사람이 앉아서 식사를 했다. 샤브샤브소고기와 돼지고기 야채를 육수가 끓으면 넣어 익혀 소스에 찍어 먹는 음식이다.

"경희씨, 그 동안 정들었는데 서운해요."

"계장님, 자주 놀로 올께요. 가끔 볼 수 있어요. 가까운데 사는데요."

"여직원이 두 명 결혼하고 두 명도 국수 먹게 해줘요."

주사님들이 아직 아가씨인 직원들에게 결혼하라고 덕담을 해준다. 샤브샤브를 다 익혀 먹고 나중에 밥 대신 칼국수 사리가 나와 또 익혀 소스에 찍어 먹는 맛이 일품이었다. 고기도 좋았지만 건강을 생각해 야채를 더 챙겨 먹었다.

"우리 여기에서 경희씨를 보내줍시다. 함께 할 가족이 있어서 행복하게 잘 살고 볼 수 있으면 또 봅시다."

밥만 먹고 서로 악수를 하고 2차 3차는 생략했다. 연말을 조용히 가족과 보내자면서 서로 헤어져 집으로 향했다.

둘이서 함께하는 겨울은 추워도 추운줄 모르게 따스한 온기가 집안 가득히 퍼져 마음을 즐겁게 하였다.

다세대주택보다 아파트가격이 쌀 때라 전세 값도 비교적 비싸지 않은 편리한 시설이 갖추어진 문화생활을 할 수 있었다. 아담한 신혼의 보금자리에서 행복의 꽃이 피어나왔다.

몇 달 동안 깨소금 냄새가 고소하게 났었다. 음식을 잘못 먹어 체한 줄로 알았는데 나는 처음으로 입덧을 했다. 생리한 날짜를 세어 보았더니 두 달이 넘어 하지 않았다.

입덧을 빨리한다 싶어 확실하지가 않아 약국에서 임신테스트 할 수 있는 기구를 사다가 실험해보았다. 그런데 임신이라는 줄이 그어져 나왔다. 약을 잘못 먹으면 기형아가 나올 수 있다기에

조심하여야겠다고 생각했다. 남편은 퇴근하고 저녁 먹기 위해 식탁에 앉았다.

"자기, 나 임신한 것 같아요." 천천히 말을 했다.

"정말, 우리 애기가 생겼어요?"

"임신테스트를 해 보았는데 임신한 것으로 나왔어요. 생리도 안 나오는 것으로 보아 한 것이 맞아요. 병원에는 아직 가지 않았지만 내일 산부인과에 갔다올께요."

"여보, 내일 내가 시간을 낼께, 같이 가요."

"혼자 가도 되는데."

"처음이고 남편이 따라가야 안정이 되고 보기에도 좋고."

우리의 2세가 배속에 생겼다는 것이 너무 좋아 행복했다. 다음 날 산부인과에 가서 진료를 보았다.

"축하합니다. 임신 12주가 지나고 13주로 접어들었네요."

"정말입니까?"

"예, 이제부터는 무거운 것 들지 말고 높은 데에 오르지 말고 안정을 취하세요. 좋은 것만 듣고 보고 태아만 생각하세요."

선생님이 말씀하시며 초음파 사진을 빼서 주셨다. 너무 신기해서 보고 또 보고 엄지손가락보다 더 작은 소중한 태아를 가슴에 달려있는 주머니 품속에 꼭 안고 돌아왔다.

남편은 다시 회사로 들어가고 나는 시댁과 친정에 전화로 임신 소식을 알렸다. 어른들이 너무 좋아하셨다. 모든 사람들의 축복을 받으며 태어날 아이를 생각하며 정말 다행이구나 생각하는데 잠시 머릿속에 과거가 스쳐지나갔다. 아찔했다. 그런 때가 있었기에 지금 이 순간의 감동이 진하게 다가왔고 눈물이 나오게 행복에 잠겼다.

처음에는 입덧이 심해 먹을 수가 없었는데 세 달이 지나자 육 칠 개월부터는 입덧도 가시고 남편이 사다주는 음식을 잘 먹었다. 아기는 아무런 탈 없이 뱃속에서 무럭무럭 자랐다.

여름이 가고 가을이 지날 무렵 결혼 1주년이 지나고 첫 딸이 세상에 태어났다. 아빠가 박세진이라고 이름을 지어주셨다. 산후 몸조리를 도와주시던 엄마가 3주동안 미역국을 끓여주시고 아기 목욕도 시켜주시고 내려가셨다.

이젠 어느 정도 집안 일을 할 수 있게 되었다.

엄마와 눈 맞추고 방긋방긋 웃는 아기를 보고 있으면 모든 것을 얻은 것처럼 기쁘고 시간가는 줄 모르게 행복의 샘물을 마구 퍼올리는 것 같은 착각에 빠질 때도 있었다.

밖은 눈 내리는 계절이지만 집안은 행복한 웃음꽃이 피어났다. 그리고 눈 깜박할 사이 계절이 꽃피는 봄이 찾아왔다. 유모차에 아기를 태워 처음으로 봄나들이를 나간다.

살랑살랑 봄바람이 아기의 볼에 나부낀다. 싱그러운 꽃향기가 진동을 하여 공원에는 꽃과 나비들이 날아들어 별천지를 이룬다. 아기가 꽃그늘 아래에서 새근새근 잠을 잔다.

평화롭고 여유가 있는 시간 속으로 나는 누구인가 하고 자신에게 묻는다. 세진이 엄마, 박진영씨 부인이 되어있었다. 그런데 나의 이름은 왜 없어지는 것일까, 이렇게 행복한 가정이 하늘의 축복 속에 탄생했는데 나의 이름을 찾는 것이 인생의 숙제가 된 것이라고 생각했다.

아기와 울고 웃고 하다가 2년 뒤 영진이가 이어서 태어나고 그리고 4년이 훌쩍 지났다.

큰 아이가 일곱 살, 작은 아이가 다섯 살 유치원에 다니는 부모가 되어 바쁘게 일상을 살아가고 있었다.

구청사무실에 다니는 여직원은 결혼을 다 했고 친정이 가까운 언니 둘은 계속 근무를 하고 소라와 나는 아이들을 키우며 가정생활에 충실하였다.

여동생 경실이는 경기도 임용고시에 합격해 우리와 같이 살고 발령을 받아 고등학교 교사로 집에서 출퇴근을 하며 잘 다닌다.

나는 서른세 살 딸아이 둘을 키우면서 다른 엄마들과 다름없는 평범한 주부가 되어 남편이 벌어다 준 돈으로 살림하며 살고 있다.

우리나라 경제가 둘이 벌면 조금 여유가 있고 한 명만 벌면 힘든 사회였지만 십 년 착실히 근무하면 집을 한 채 장만할 수 있었다.

결혼생활 7년이 되자 우리도 내 집 장만의 꿈을 이룰 수 있는 기회가 왔다. 신문을 보고 도심의 한가운데에 지금 사는 집에서 별로 떨어지지 않은 가까운 근처에 아파트를 분양받았다.

아파트 건설현장이 잘 진행이 되는지 지켜보고 중도금 마련하느라 은행에 바쁘게 돌아다녔다. 마지막으로 몇 차례에 걸쳐 대출받아 내고 입주할 때 전세금을 받아서 갚고, 잔금 치르면 될 수 있게 되었다.

아버지께서 33년 공직생활 정년퇴직을 앞두고 회갑이 되었다. 하지만 아버지는 잔치를 하는 것보다는 아버지 형제분, 사돈, 가까운 친지 분들과 밥을 먹는 자리를 마련해 식사하기를 원하셨다.

10월 초 3일동안 쉴 수 있는 날 연휴에 모이기로 했다. 모처럼 승용차를 타고 아이들과 우리 부부 이모까지 다섯이 여행가는 기분으로 광주에 내려갔다. 친정 집 앞까지 갔는데 대문이 활짝 열려있어 우리만 오기를 기다리는 부모님의 마음을 느낄 수가 있었다.

사람 말소리에 온 가족이 거실로 나왔다.

"어유, 우리 세진이 영진이 왔니."

"안녕하세요. 할아버지 할머니 삼촌 외숙모."

"오느라 수고 했네, 박 서방."

"예, 그동안 잘 지내셨어요. 장모님."

"세진이는 몇 학년이니." 남동생 호진이 물었다.

"초등학교 2학년이에요."

"저는 유치원에 다니는 박영진이에요."

"호진아, 애기가 몇 개월이니."

"누나, 곧 돌이 돼."

애기를 받아 앉으면서 말을 한다. 곧 상이 차려져 온 가족이 빙 둘러 앉아 밥을 먹는다.

"지금도 학생들 데모 많이 하니?"

"그럼, 김영삼 대통령의 금융실명제를 실시하면서 집회하는 횟수가 좀 줄었어. 누나가 운동권출신이라 관심이 많구나."

"서울에서는 명동성당에서 많이 하는데 대학생이 되었다하면 데모 안하는 사람이 거의 없을 정도로 많이 참여하지."

"금융실명제를 하면 검은 돈 비자금이 밝혀진다던데 언론을 지켜보자구요."

"처남, 어디에 근무해?"

"매형, 공무원시험에 합격해 변두리 동사무소에 있다가 이젠 시청에 다녀요."

"그래, 잘됐네."

"아버지 정년퇴직은 언제해요?"

"아마 12월 달이지. 공무원연금이 나오니까 엄마와 나는 먹고 사는데 걱정이 없다."

그 동안 여러 이야기를 밥 먹으며 하는 이 시간이 너무 즐겁고 행복했다. 호진이는 집에서 가까운 아파트를 전세로 얻어 산다고 하고 올케도 아이를 낳은 후 어느 정도 키워놓고 사회생활 할 수 있게 엄마에게 도와달라고 했다한다.

다음날 친지들을 뷔페전문점에서 만나 밥을 먹기로 예약을 해 놓았다. 열두 시, 약속시간에 오는 사람순서대로 좋아하는 음식을 접시에 마음대로 담아와 자리에 앉아서 먹는다. 시댁시구들도 초대해 한쪽 테이블에서 자리를 같이 했다. 시부모님, 시아주버니, 형님, 조카들 그리고 우리 아이들과 사촌들 나이가 별로 차이가 나지 않아 아들이 하나 끼어도 잘 어울려 놀았다.

"아파트 입주는 언제 하니, 진영아."

"예, 내년 여름에 해요. 아버지."

"나도 집장만할 때 아버지 도움 받았는데."

"아니야, 형! 우리 힘으로 해야지. 형은 아버지 옆에서 살잖아."

"엄마, 건강은 좋아요?"

"아직은 아픈 데는 없다. 나 걱정 말고 너희들이나 잘 살아라. 아파트 중도금 준비하느라 어미가 고생이구나."

"아니에요. 어머니."

"사돈, 축하합니다."

"아닙니다. 이렇게 오셔서 반갑습니다."

아버지와 엄마가 가까이 오셔서 시부모님께 인사를 하셨다. 맛있는 음식을 많이 먹고 마시면서 쌓였던 이야기를 나누다가 오후 서너 시가 되어 헤어지고 다들 집으로 돌아갔다.

시간은 어느덧 흘러 겨울이 가고 꽃피는 봄이 왔다. 그리고 금세 여름이 되었다. 드디어 기다리던 아파트가 완공이 되었다. 하늘에는 흰 구름이 떠있고 관악산이 저 멀리서 우람하게 병풍처럼 도심을 둘러 싸인 서울시가지가 한 눈에 내려다 볼 수 있는 전망이 좋은 집으로 입주를 하였다.

불어오는 바람의 통로가 통해 집안에서는 더위를 느낄 수 없는 좋은 시절이 갖추어진 에어컨 바람도 필요 없는 자연바람이 여름내 불어와 건강에 이로운 아파트를 장만한 셈이었다.

우리는 결혼생활 십 년 만에 부족한 돈은 은행에서 융자를 조금 받고 그동안 저축한 돈을 합해서 남향으로 지어진 좋은 아파트, 내 집 장만의 꿈을 현실로 이루어낸 사람이 되었다.

아파트로 이사와 처음으로 맞이하는 가을이 너무 감동적이었다. 아이들도 새로 지은 초등학교에 전학을 가서 잘 적응하고 학교생활도 잘한다.

우리 가족이 오순도순 이야기꽃을 피우며 행복한 웃음이 번져와 이런 것이 삶의 기쁨이구나 하면서 잘 지냈다. 그리고 앞이 확트인 베란다에 서서 또 다시 나 자신만의 꿈을 심는다.

9. 출마를 한다면

　시원한 바람이 더운 열기를 식혀주는 아침저녁으로는 가을이
되고 한낮에는 늦더위가 남아 곡식이 익어가는 시절이 찾아왔다.
사계절이 뚜렷한 나라에서 잘 살 수 있게 은혜를 내려주신 하나
님께 감사한다.

　그런데 아직 이 시절에는 이상기후가 나타나지 않았을 때이기
에 여름에는 열대지방에 사는 것처럼 그렇게 덥지 않았고 겨울에
도 사흘은 춥고 나흘은 따뜻하여 그렇게까지 춥지도 않았다.

　우리나라는 근대화 산업화가 진행되어 '한강의 기적'이라고 불
리우는 눈부신 경제성장을 이루었다.

　이 과정에서 이산화탄소를 많이 배출시켜 기후 온난화 때문에
여름에는 많이 덥고 겨울에는 많이 춥고 봄과 가을은 줄어들어
아열대기후로 변해 우기와 건기로 나타나고 있다. 이것을 해결하
는 것이 우리의 과제가 되었다.

　때는 바야흐로 1995년 가을, 광주사태(1980년 5월 18일)가 일어난
뒤 최루탄으로 데모하는 것을 막으면서 크게 시끄럽고 어수선했

는데 조금 조용해졌다.

김영삼 대통령은 금융실명제를 실시하면서 돌아오지 않는 강을 건넜다. 국민들의 눈은 국회로 향했다. 독재가 사람들을 많이 죽이고 정권을 잡아 검은 돈 즉 비자금을 많이 숨겨놓은 것이다. 그것은 언론을 장악하였기에 가능한 것이었다. 미국이나 외국에서 알고있는 광주사태를 우리나라에서는 유언비어라고 국민들을 속였다. 결국은 비자금이 밝혀지면서 광주사태도 더 이상 속일 수 없게 되었다.

가을이 깊어가는 시월 중순 드디어 이천억 이상의 검은 돈이 각각 밝혀지기 시작했다. 전두환, 노태우 전직대통령이 검찰에 소환되었다. 한 달 후 11월 중순 광주사태가 일어난 지 15년 만에 진상규명이 이루어져 뒤숭숭하고 시끄러운 그리고 뜻 깊은 한 해였다.

두 전직대통령이 감옥에 잡혀 들어가는 장면들은 뉴스에서 외국사람들도 볼 수 있게 크게 보도되었다.

1960년 4월 19일(4.19의거), 1961년 5월 16일(5.16쿠데타) 이후 강한 독재가 집권하였고 산업화 과정에서 경제화민주화를 말하는 사람은 사회주의자라고 언론출판 집회의 자유도 없었다.

어느 정도 경제성장을 한 후 사람들은 '자유가 아니면 죽음을 달라'라고 민주주의를 갈망하기 시작하였다.

박정희 대통령이 서거(1979. 10. 26)하고 1980년 5월 18일에 일어난 광주사태는 사실상 우리나라의 민주주의 시작이었다. 그리고 1995년 11월에 밝힌 진상규명 된 광주사태를 주제로 5.18 문학하는 사람을 문단에서 찾고 있었다.

나는 그때 운동권학생으로써「오월이 오면」이라는 제목으로 쓴 광주사태 참여 시 한권 분량의 원고뭉치를 분실하였다.

초·중·고·대학생들을 민주화 교육시키는 자료가 없다.

지금 방송되는 것은 외국사람들이 그 현장을 찍어 보관했다가 보내준 것이라면서 책자가 필요하다고 뉴스에 나왔다. 나는 간신히 경찰에서 분실했던 원고뭉치를 돌려받아 출판에 들어갔다.

드디어 책이 나와 날개돋친 듯 잘 팔리기 시작했다. 나는 광주사태를 밝힌 동시에 작가가 되어있었다. 신문이나 잡지에서 청탁이 들어와 원고료가 없었는데 언론출판의 자유가 풀리면서 지적재산권의 대우를 받을 수 있게 되었다.

언제인가 세계 여러 나라에 팔 수 있는 길이 있을 것이다. 이것을 염두해 놓고 광주사태를 학생입장과 시민입장에서 생각해 소설을 집필해야겠다고 구상을 하게 되었다.

우선 참여시집을 출판하게 되자 국민들의 입에 회자되어 1년간 꾸준히 많이 팔려 베스트셀러로 기록을 세웠다. 출판사에서 10% 인세를 받아 나는 갑자기 부자가 되었다.

집은 남편의 힘으로 장만하고 나의 통장에는 몇 억이 들어와 조금있던 빚을 다 갚고도 고스란히 돈이 남아있었다. 책이 팔리는데 신경을 쓰다보니 1년이 빠르게 흘러갔다.

"김 작가, 어느 정도 책이 팔리고 독해가 되었으니 기념회를 가져야 되지 않을까요."

"팔리기 전에는 출판기념회라고 하는데 독해가 다 되었을 땐 독해기념회라고 부르지 않나요."

"아무튼 의미 있는 일이니까 이번을 계기로 책을 계속 써 내놓을 거니 계속 사서 보아 주십시오 하고 알리는 의미에서……."

"사장님께서 이끌어 주신대로 따라서 하겠습니다."

편집부장님과 상의를 해 모이는 장소와 시간들을 정해 초대장을 작성해서 찍기로 했다. 출판사에 들려 여러 가지 일을 보고 아이들이 학교에서 올 시간에 맞추어 집으로 돌아왔다. 초인종이 울려 현관문을 열었다.

"엄마, 다녀왔습니다."

"진영아, 친구들이랑 잘 지내고 공부도 열심히 했어?"

"예, 엄마."

먼저 둘째 딸이 학교에서 돌아와 간식을 먹고 학원에 갔다. 시간이 되자 첫째 딸도 집에 돌아와 친구랑 같이 학원으로 향했다. 퇴근시간에 맞추어 아빠가 귀가하자 네 식구가 식탁에 앉아서 오순도순 이야기꽃이 피어난다.

"얘들아, 엄마가 작가 선생님이 되었다. 세진이, 영진이 좋아?"

"응, 아빠! 너무너무 좋아."

"아빠 글쓴이 선생님 말이야."

"응, 내일 주말이니까 맛있는 것 먹으러 가자."

"정말, 야 신난다."

저녁밥을 먹으면서 외식하자고 약속을 했다.

다음날 백화점에서 겨울옷과 장갑 목도리 등 쇼핑을 하고 맛있는 저녁을 남편과 아이들이랑 즐기고 기분좋게 집으로 돌아와 텔레비전 앞에서 드라마를 시청하고 있다.

12월 초순 기온은 영하로 떨어지지만 낮에는 영상을 유지해 이제는 겨울의 문턱을 넘어 한 달만 있으면 해가 바뀐다.

많은 지인들과 독자분들을 모셔놓고 뜻 깊은 자리를 마련했다. 뷔페전문점에서 행사를 하는데 시간이 되자 손님들이 많이 모이기 시작했다. 일찍 온 사람대로 먹고 싶은 음식을 접시에 담아 가져다 먹었다. 구청직원들도 잊지 않고 많이 오서서 축하해주었다.

"경희 네가 문학을 하는 멋진 작가가 되었는데 그런 면이 있는 줄 몰랐어. 정말 축하해."

"고마워, 소라야!"

근무를 같이했던 배지연씨, 신현미씨도 와서 축하를 해주었다.

"우리는 도와주는 사람이 있어서 구청에 계속 다녀. 그런데 경희씨는 작가로 다시 태어났네."

"대단하지! 정말 축하해."

오랜만에 만나서 그 동안 이야기를 나누고 인사를 했다.

"미래출판사 사장 정다현입니다. 오늘 여러분들이 모여 뜻 깊은 자리를 빛내주시니 진심으로 감사드립니다. 식순은 생략하고 축사하는 뜻에서 한 말씀드리겠습니다. 김경희 작가님은 학생 때 광주사태를 경험하고 「오월이 오면」 참여시 한 권 분량을 썼는데 경찰에 의해 분실했다가 보관한 사람이 있어 되돌려 받았습니다. 그 시집을 내서 유명한 신인으로 베스트셀러 작가가 되었습니다. 미래에 세계적인 작가가 될 수 있도록 많은 사랑 부탁드립니다. 대단히 감사합니다. 다음은 김경희씨 소감 한마디 들어 보도록 하겠습니다."

"안녕하십니까. 얼마 전까지만 해도 전업주부였는데 세상에 다시 태어난 것 같습니다. 오늘 같은 좋은 날이 있어서 저의 가슴은 벅차오릅니다. 지금으로부터 16년 전 빛고을 광주 남도에서 이념을 같이한 동족끼리 총칼로 만행을 저질렀는데 목숨이 위태로운 상황에서 방어차원으로 신군부와 맞서 싸우다가 운명을 달리한 사람들이 많았습니다. 민주주의를 위해 투쟁하다가 희생된 친구 선배 후배들 그리고 광주시민들에게 늦었지만 삼가 명복을 빕니다. 부디 좋은 곳으로 영혼이 천국으로 승천하셔서 꽃피우지 못하고 이 생을 마감하셨는데 아픔도 괴로움도 없는 그곳에서 다시 태어나 못다 이룬 꿈을 펼치소서. 그 분들이 있었기에 영광스런 이 자리가 빛이 납니다. 저는 그분들을 대변해 지금 시작했지만 평생 문학하면서 나라를 세계에 길이 빛내도록 노력하겠습니다. 감사합니다.”

우레와 같은 박수소리가 흘러나왔다.

몇 시간동안 사인을 마치고 행사가 마무리된 것 같아 오랜만에 친정식구들이 모여 같이 집으로 돌아왔다.

여동생 경실이가 같은 동료선생과 결혼하기 위해 상견례를 마쳤고 정월에 식을 올린다고 부모님이 신혼집 살림살이 장만하기 위해 바쁘게 움직이고 있다.

가로수 나무는 겨울을 나기 위하여 짙은 고동색으로 옷을 입었다.

찬바람이 불어와 나뭇가지가 이리저리 흔들리어 춤을 추고 있는 것 같았다. 교회 안에는 큰 트리 소나무에 작은 전구들을 장식하여 밤이면 반짝반짝 빛이 나고 있다.

다사다난했던 올해도 얼마 남지 않았는데 시간은 자꾸 흐른다.

나는 너무나 국민들에게 사랑받는 한해를 보내고 있다.

세진이 엄마로 살아온 지 11년, 아줌마에서 김경희 작가로 다시 이 세상에 태어난 기분이다. 나의 이름을 부를 수 있게 된 것이다. 어려서부터 글쓰기를 많이 했는데 언론출판의 자유가 없어 국문과를 가지 못하고 높은 사람의 인맥으로 공무원으로 근무하다가 지금의 남편을 만나 결혼하여 두 딸을 낳고 10년 만에 집장만하고 광주사태 진상규명이 되자 작가가 되어 대중 앞에 나타난 것이다.

즐거운 크리스마스 연말 등 뜻 깊은 날들을 소중한 가족과 추억을 새기며 보람 있게 보냈다.

친정 부모님이 잠시 집에 계시면서 경실이 결혼준비를 하시는데 나는 큰 보탬이 되기도 했다.

연말이 지나고 밝아오는 대망의 새해에 한 해를 새롭게 시작하면서 결혼식을 올려 동생부부가 된 그들에게 한없는 축하를 해주었다. 8년 동안 같이 살면서 정이 든 동생, 이제는 가정을 만들어 우리와 자주 볼 수 있으니 서운하지만 떠나 보내주었다.

국민소득 만불시대 선진국에 진입한다고 목청을 높여 말한 것도 잠시 대기업에서부터 부도가 연달아 터지더니 정부에서는 그때를 맞추어 대처를 하지 못하고 12월에 갑자기 IMF시대가 찾아왔다.

그것은 민주주의를 파괴하고 독재가 들어서면서 정경유착을 통해 재벌위주의 정책을 펴온 탓이다. 월급은 동결되고 물가는 올라 엄청난 실업자가 생겨 가정과 정부 다 함께 말할 수 없는 고통을 겪게 되었다. 이 어려운 시대를 잘 헤쳐 나갈 수 있는 사람

준비된 대통령 김대중씨가 대선에 선출되었다.

 김대중 대통령 정부가 들어서면서 경제가 긴 수렁에 빠져 실업자가 200만을 육박하고 노숙자가 생겨나왔다. 아나바다 운동은 아껴 쓰고 나눠 쓰고 바꾸어 쓰고 다시 쓰자 즉, 생활 속에서 실천하도록 운동하자라는 뜻이다.

 정신적이고 경제적인 개혁을 통해 IMF를 졸업하게 되어 참으로 다행이라고 말을 했다. 드디어 1999년도가 역사 속으로 사라지고 서기 2000년 밀레니엄 새천년이 희망을 가지고 새로운 미래에 도전하는 그리고 또 웅장하게 새 아침이 우리 앞에 밝아왔다. 새천년에는 무한한 발전과 영광이 온 국민들과 함께하는 살기 좋은 세상을 우리가 건설해야 한다는 목표를 세워 민주주의의 꽃을 피워 통일을 해야 한다. 이것이 바로 우리가 해야 할 과제이다. 한반도가 분단이 된 지 반세기가 흘렀다. 우리 민족이 가야 할 방향을 제시해 준다.

 나는 새천년에도 큰 꿈을 가지고 계속 글을 쓰는 사람으로서 우리나라 한글을 아는 사람만이 독자가 아니라 세계인이 읽어 볼 수 있도록 좋은 글을 쓰는 작가가 되도록 노력해야겠다고 다짐한다. 세찬 바람이 부는데 생각은 영글어 실천에 옮겨간다.

 새천년 희망의 봄 나의 꿈을 이룰 수 있게 도움을 주실 김대중 대통령을 만나러 청와대로 찾아갔다. 이희호 여사님이 맛있는 점심으로 맞이해주셨다.

 "김 작가, 할아버지 성함이 어떻게 되나요?"

 "고 김 대자 현자, 김대현 씨입니다. 아버지 이름은 김진수 씨입니다. 김대중 대통령의 말씀을 많이 듣고 자랐습니다. 문중 할

아버지라고 김 수로왕 70대손 김해 김 씨의 조상이 같은 분이라고 시국이야기를 하시면 꼭 대통령님 말씀을 잘하셨습니다. 그리고 감옥에 많은 시간을 계시면서 책을 23권 쓰셨다고 문중에서 문학하는 사람이 나와야 된다고 가정교육에 힘쓰셨습니다. 할아버지의 가르침 아버지가 열일곱 살에 전쟁을 겪고 첫 자식을 문인으로 기르신 큰 뜻이었습니다."

"그래요. 김 작가는 글쓰기에서 대성공을 하면 정치에 입문해야 할 것입니다. 그때가 언제가 될는지 모르겠지만 많은 연구를 하고 준비를 해 두세요."

"예, 잘 알겠습니다."

북한산 기슭에 잘 지어진 청와대 주변은 새싹이 움트기 위해 나무에 물이 오르고 있었다. 햇볕은 따뜻한데 간혹 불어오는 바람 끝은 찬 기운이 아직 서려있었다. 정리정돈이 잘 되어 있고 잘 다듬어진 정원, 경치가 보기 좋은 곳이지만 사람들이 들어갈 수 없는 곳이다. 나는 잠시 김대중 대통령님을 만나 뵙고 집으로 돌아왔다.

그리고 시장에 들러 쑥과 냉이를 사가지고 저녁에는 국물이 시원한 된장국을 끓여 맛있는 밥을 가족과 대화를 나누면서 먹었다. 두 번째로 낸 책도 잘 팔려 월말에는 인세가 꼬박꼬박 들어와 우리가정의 경제가 윤택하게 잘 돌아갔다.

중학생 아이 둘을 둔 학부모가 되었다. 3월에는 학기 초가 되어 학부모 모임에 참석하여 아이들 적성에 맞는 것이 무엇인가, 잘할 수 있고 좋아하는 것이 무엇인가에 대해 관심을 갖고 그에 맞는 교육을 해야 한다고 선생님과 상담도 해본다.

앙상한 가지에 새순이 돋아 생동감이 넘쳐흐르는 여의도공원을 걸어 국회의사당 앞마당 잔디를 밟고 있다.

5.18로 문단에 나왔기에 알고 있는 운동권출신으로 국회의원이 된 사람을 만나기 위해 국회를 방문한 것이다.

"아니 이게 누구요. 김경희씨, 오랜만이요. 작가가 되어 돈을 많이 벌었더구만, 여기는 웬일이요. 나 이번에 야당으로 국회의원 출마할 예정이요. 정치할 생각있소? 그러면 야당으로 오시오. 우리 동지합시다."

공교롭게도 그 곳에서 성준혁을 만난 것이다.

"당신과 말 섞고 싶지 않아요. 볼일이 있어 왔어요. 당신에게는 용건이 없어요. 그만 가겠어요."

성준혁씨가 정치를 한다고 생각하니 기분이 좋지 않아 바삐 걸음을 걸어 의원회관 쪽으로 갔다.

기억하고 싶지 않은 옛 일을 오늘 또 만나는지 애써 불편한 심기를 가라 앉히고 입구에서 주민등록증을 내고 사무실 엘리베이터를 타고 올라갔다.

"선배님, 안녕하세요."

"오, 김 작가 반가워요. 자주 얼굴을 볼 수가 없었는데 직접 찾아오고, 자~ 악수합시다."

"이번 총선에 출마하신다면서요."

"그렇게 됐어요. 많이 도와주세요."

"제가 무슨 힘이 있겠어요. 그렇지만 힘껏 밀어 드릴게요."

"고마워요. 모 신문에 글도 쓴다더니… 부탁해요."

비서아가씨가 타온 차를 마시면서 대화를 했다. 아직 나는 글로써 나 자신이 스스로 맡은 일에 전념하고 싶었다.

봄바람이 살랑살랑 불어와 피부에 와 닿는 느낌은 너무 상쾌하고 엔도르핀이 온 몸에 퍼지는 기분 좋은 오후이다.

남북 정상회담을 유월 달에 개최하기로 했다고 특별보도로 전국이 술렁거리기 시작했다.

선거분위기가 고조되어 뜨겁게 달아올랐는데 선거일 삼일 앞두고 발표를 해서 모두 긴장을 하게 되었다.

온 세상은 봄의 한가운데에 와서 여기저기 꽃피는 향기가 진동을 하는데 우리나라는 남북정상들이 만난다는 것을 축하하는 축제의 무대가 될 것이다라고 모두 예측을 하고 있었다.

4월 국회의원 선거에서는 여소야대로 여당의석수가 적어 국정을 운영하는데 힘든 상황이 되었다.

녹색은 더 짙은 초록으로 변화하는데 김대중 대통령과 김정일 위원장이 만나기 위해 6월 13일 인천국제공항을 출발하여 하늘길이 열려 평양 순안공항에 도착하였다.

55년의 분단이 두 시간도 못되는 거리를 갈 수 없어 그토록 애태우고 가슴 아파하고 고통의 세월에서 하느님은 참으로 만남의 승화로 2000년 새날 아침에 큰 선물로 가져다주었다.

평양을 남의 땅으로만 여겨왔는데 우리 땅이요, 따뜻하고 다정다감한 김정일 위원장의 목소리는 긴 세월 여기에 왔다. 그 함성과 그 자체였다.

모든 일정을 마치고 무사히 돌아온 김대중 대통령은 지금 당장 통일을 하자는 것이 아니라 20년 30년 뒤에 경제적인 발전을 위해 민주주의 꽃을 피워 통일을 하자고 첫발을 내딛는데 물꼬를 트셨다 하고 평가할 수 있었다.

내 고장 칠월은 청포도가 주저리주저리 익어가는 시절이 되었다.

애들이 고등학교에 올라가면 대학입시에 바빠 시골에 내려갈 기회가 없을 것 같아 이번 여름휴가 때는 온 가족이 광주에 내려가 친가와 외가에서 대가족이 모여 재미있는 추억을 새기고 돌아왔다.

한 여름에 오는 열대야가 사라지고 가을이 온다고 알리는 입추 말복이 지나고 광복절 전후로 남북이산가족 찾기를 하여 한반도는 뜨거운 오열을 하였다. 남북이 철조망에 가로막혀 만날 수가 없었는데 3박4일 동안 1차 남북이산가족을 찾아 그 동안 못다 한 이야기를 나누며 통일이 될 때까지 살아남아야 한다면서 다시 만날 때까지 몸조심하고 잘 있으라고 짧은 만남을 뒤로한 채 헤어졌다.

통일은 애타게 그리워하는 이산가족이 살아있을 때 해야 된다고 본다. 그때까지 북한이 개방을 하여 경제적인 발전을 이룩해 정치적 사회적 문화적으로 차이가 진 부분을 극복하여 평화적인 통일을 해야 한다고 통일교육을 시작해야 한다.

어느덧 산에 들에 단풍이 곱게 물이 드는 계절이 왔다. 그런데 텔레비전에서는 김대중 대통령의 노벨평화상 수상이라고 특별 보도로 전국이 떠들썩거리며 축하를 하고 있었다.

올해 2000년도에 남북정상회담과 이어 이산가족 찾기 세계평화를 위해 일한 사람으로 높이 평가되어 노벨평화상 수상의 영광을 안은 김대중 대통령님 '나도 할 수 있다'라는 자신감을 갖게 되는 계기가 되었다.

나뭇가지에 마지막 잎새가 떨어지고 겨울의 문턱을 넘어선 12월 초 노르웨이 오슬로 시청에서 노벨평화상 시상식을 거행하였다.

다사다난했던 한해가 저물어 가는 연말이 다가온다. 너무나 한반도 정세가 급변화하는 2000년대 통일의 시대가 시작되었다.

우리는 하나이다. 우리는 공동운명체였다. 우리 후손들에게 물려줄 영광된 조국은 우리가 건설해야 한다.

나는 이 시점에서 내가 해야 할 일이 무엇인가 하고 생각해 본다. 학교교육, 가정교육을 통해 내가 스스로 알아서 깨달아 맡은 일이 있다. 우리나라는 6.25와 같은 큰 비극을 겪으면서 세계에서 가장 권위 있는 노벨상이라든가 그 밖의 큰 상을 타지를 못했다.

그것은 우리 국력이 약했던 까닭이다. 스스로 힘을 길러 나라를 세계에 빛낼 수 있는 그러한 사람으로 거듭나기 위해 최선의 노력을 해야겠다고 다짐도 해본다.

2000년에 남북정상회담을 했고 이로부터 20년, 30년 뒤 통일을 한다면 세계평화를 위해 일한 사람으로 길이 기억이 되어 노벨문학상을 가슴에 안는 큰 꿈을 다시 심어본다.

적을 알고 나를 안다면 백 번 싸워 백 번 이긴다. 아는 것이 곧 힘이다.

10. 국가 정책사업

얼어붙은 대동강 물이 풀린다고 하는 우수와 개구리가 잠에서 깨어나는 경칩이 지나고 봄은 다시 우리 곁에 왔다.

혹독한 추위를 이기고 피는 꽃은 존귀(존엄하고 귀함)의 대상이다. 지금은 일 년이 훌쩍 지나고 피파월드컵 축구대회가 열리기로 한 2002년의 새봄이 왔다.

산 너머 남촌에는 누가 살길래 해마다 봄바람이 남으로 불어온다. 공원에는 먼저 개나리꽃이 피고 그리고 진달래와 철쭉꽃이 차례로 피어난다.

4월 초순이 지나면 목련꽃이 담장 너머에 봉우리가 맺어 얼굴을 내밀고 벚꽃도 한순간 찰라에 피었다가 비만 오면 꽃잎이 모두 떨어지고 만다. 꽃이 만발할 대는 화려하고 예쁘지만 꽃잎이 질 때는 초라하고 추하다. 사람은 젊음이 가고 늙어가면 자기 얼굴에 책임질 수 있는 인간이 되어야 한다. 그래서 나는 겉모습이 아니라 자기 내면의 미를 가꾸어 가는데 늙어서 초라한 것이 아니라 존경받고 좋아해 주는 일을 하자 하고 선택한 것이 글쓰기였다는 이유 중의 하나이다.

세계인들의 이목이 서울로 집중이 되어 월드컵이 열리는 장면들을 지켜보려는 준비가 되어있었다.

우리나라는 과거 개방을 해야 할 때를 놓치고 쇄국정책을 써서 일제 36년 동안 압박에 신음하다가 세계2차 대전이 일어난 후 독립을 하게 되었다.

그런데 남과 북이 갈라져 6.25전쟁이 일어나 아프리카처럼 남의 나라 원조로 겨우 살던 때가 있었다. 근대화 민주화에 성공하여 눈부신 발전을 이룩해온 대한민국이 2002년 6월 세계월드컵 축구대회를 통해 눈부신 발전을 이루었다. 세계인들이 보고 축하해주는 축제의 무대가 된 것이다.

세계 사람들은 우리나라가 옆의 나라에 소속된 속국으로만, 그리고 신생독립국 분단이 되어 데모와 최루탄 매연가스가 자욱한 그러한 나라로만 알고 있었다. 그런데 대~한민국 박수소리에 맞추어 웅장하고 장엄하게 세계무대에 나온 것이다.

우리 민족이 한데 모아서 오천만 명이 울리는 함성소리는 아름답고 지금도 귓가에 쟁쟁하게 들린다.

시청앞 광화문거리, 여의도시민공원, 사람들이 모일 수 있는 거리마다 터져 나오는 응원의 소리는 젊은 열정, 그 동안 표현하지 못했던 기쁨이요 눈물이었다.

이 월드컵을 통해 우리 국민들은 무엇이든지 할 수 있다는 자신감을 갖게 되었다. 누구도 우리 한국팀이 4강에 들 줄을 몰랐다. 그 동안 피나는 노력으로 일구어온 23명 태극전사 선수들이 최선을 다해 경기를 보여주는 신화창조에 무한한 발전과 격려의 박수를 보냈다.

축구공 하나로 울고 웃었던 행복한 여름이 지나자 우리나라는 제16대 대통령을 선출하는 선거철이 되었다.

나는 계절이 바뀌어도 여전히 글을 열심히 쓰며 집안 살림도 하고 바쁘게 일상을 살아가고 있었다.

세계판로를 개척할 수 있는 정보를 나 스스로 찾아야 한다면서 영어로 번역해주는 사이트에 들어가 열심히 글을 올리기도 했다. 언젠가는 영광된 날이 나에게 올 것이다라는 신념을 가지고 나의 일에 최선의 노력을 다하는 인간이 되었다. 하느님께 기도를 하고 때를 기다리기로 마음속으로 생각하면서 순리대로 살아갔다.

세 명의 대통령 후보가 나와 경연을 벌이는데 여론조사에 의해 노무현과 정몽준의 연대를 하다가 실패를 했다. 이회창 한나라당의 차떼기 비리 때문인지 국민들은 노무현씨를 선택해 인터넷이 마비될 정도가 되자 선거에서 노무현 후보가 당선이 되었다. 민주당이 정권재창출하는데 성공을 한 것이다. 대선이 끝나자 한겨울로 향하는 크리스마스를 즐기면서 젊은 사람들은 축제하는 분위기였다.

거센 눈보라 속 매서운 추위도 때가 되면 계절은 어김없이 포근한 봄으로 변한다.

아파트 화단에 나뭇가지가 물이 오르기 시작하더니 떡잎이 나온다. 예전에 왔던 것처럼 봄은 또 다시 우리 곁에 왔다.

새싹이 터져나와 우리의 마음속에도 희망의 봄이 수를 놓는다. 작년에 강남 갔던 제비가 지지배배 창공을 자유롭게 날아다닌다. 새봄이 와서 돌아왔다고 인사를 한다.

하늘을 나는 비둘기 참새들도 우리와 같이 자유를 만끽하면서 주어진 환경에서 살아남아 즐거운 노래를 부른다. 근대화의 박정희 대통령이 총에 맞아 서거하자 이어 전두한, 노태우가 언론출판의 자유 방송을 장악하고 최루탄으로 정권을 유지했다. 김영삼 대통령이 진상규명을 해서 5.18사태를 밝히게 되자 모든 자유를 보장받게 되었다.

그후 김대중 대통령이 남북 정상회담을 개최하고 노무현 대통령이 당선되자 16대 국회 여소야대로 여당의 힘이 약해 저지를 못하고 5.18문학한 사람이 베스트셀러가 되어 유명해도 텔레비전에 못나오게 언론의 자유방송을 또 장악하게 되어버렸다.

박정희의 5.16과 전두환의 5.18은 전두환이 박정희를 보고 따라서 한 것이다. 비슷한 것은 사람을 많이 죽였다는 사실이다. 그들은 대를 위해 소를 희생한 것이라고 말하지만 사람의 목숨을 파리 목숨처럼 구타하고 총과 칼로 잔인하게 그들에게 희생당해 지금도 아픔을 부여안고 살아가는 사람이 많다. 이것은 장기적으로 집권한 북한이 있기에 남한에서도 절반만 자유를 주고 억압해 오랫동안 정권을 유지한 독재가 생겨난 이유 중의 하나이다.

이러한 일이 다시는 일어나지 않기 위해서는 통일을 해야 한다. 우리는 한 형제 같이 함께 가야 할 공동운명체이다. 우리는 두 개가 아니라 하나의 나라이다.

꽃이 피었다 지는 봄은 가고 태양이 이글이글 뜨겁게 타올랐던 여름도 가고 단풍이 들었다 낙엽이 지는 가을도 눈 내리는 겨울도 왔다가 벌써 한 해가 흘러가고 또 봄이 왔다.

푸른 푸른 산은 아름답게 빛이 난다. 관악산으로 에워 싸인 서울은 생동감이 넘쳐흐른다. 나무마다 초록빛깔 다른 색으로 우리 곁에 다가와 신록을 예찬하는 고운 마음도 따라서 빛이 아름답게 반짝인다.

꽃이 피었다 지는 옆자리에 녹색이파리가 이슬을 머금고 아침 햇살에 오색찬란한 빛으로 반사된다.

녹색은 상처 받은 마음을 치유해 주는 신비스런 색깔이다. 눈을 맑고 아름답게 보호해주고 정서를 안정감 있게 정화시켜주는 마법의 손길과도 같다.

녹색은 또 젊음을 상징해 준다. 어린 사람이나 나이든 사람이나 마음을 젊게 만들어주는 누구나 좋아하는 우리의 색감이다. 밝은 봄빛이 온 세상을 비추이는 화창한 날씨 곱게 화장을 하고 멋있게 차려입고서 외출을 한다.

버스타고 이십분 걸리는 국회의사당 안 도서관에 자료를 구하기 위해 여의도공원에서 내려 걸어가고 있다.

산들바람 피부에 닿는 촉감이 부드럽고 상쾌한 맑은 공기를 마시는 기분 좋은 날이다.

국회 문을 들어가려고 하는데 몇 년 전에도 보았던 성준혁 씨가 아는 체를 하며 말을 걸어온다.

"김경희씨, 오랜만이오. 저기 가서 차 한 잔 합시다. 아무런 뜻이 없소. 같은 사무실을 근무했었다는 정으로 차 정도는 할 수 있지 않아요."

"그래요."

나는 좋지않은 감정을 예민하게 반응할 필요는 없다고 생각하고 좀 떨어져 있는 카페를 따라서 걸어갔다.

"차는 무엇으로 하겠소."

"아메리카노요."

테이블에 앉아 커피를 주문했다.

"여기 아메리카노 한잔과 바닐라라떼 한잔 주세요."

열어 놓은 창문으로 꽃향기와 상큼한 내음새가 날아들어왔다.

"비서나 기사가 따르지 않아 경희씨와 커피를 마실 수 있는 기회가 왔군요. 나 지난달 재선에 당선됐어요."

"언론에서 본 기억이 나요."

종업원이 따끈한 커피 두 잔을 마주보고 있는 테이블 앞에 놓고 간다.

"나는 국회의원에 두 번 당선되었는데 경희씨는 갈 길이 멀어요. 우리야 마음은 있었지만 맺어지지 않았는데 당신이 잘되기를 바라는 사람이요. 5.18에 대해 언론출판의 자유가 금지가 되어 있는 상태요. 어떻게 해야 할지 모르겠소. 자유가 풀릴 때까지 언론에 나올 수 없어요. 정보가 필요하면 언제든지 제공해서 소식을 전해줄 테니 나를 너무 피하지 말아요."

"알았어요."

커피를 한 모금씩 마시며 텔레비전 언론에 못나오게 막은 줄은 알았는데 자세히 듣고 보니 실감을 느낄 수 있었다.

"글은 계속 쓸 계획이요? 아주 어려울 텐데."

"글은 나의 분신과도 같아요. 세 살 버릇 여든까지 간다는 속담도 있잖아요. 나이에 관계없이 성별에 관계없이 죽을 때까지 쓸 겁니다."

"그래요."

"볼일이 있어서 먼저 일어나겠어요."

나는 카페를 빠져나와 도서관이 가까운 옆문을 통해 들어갔다. 여러 권의 책을 뽑아서 보고 필기도 하고 자료를 찾아 정리도 하고 두 시간 정도 도서관에 있다 집으로 돌아왔다.

남편과 아이들이 올 시간에 맞추어 시장 봐온 것으로 맛있게 요리를 했다.

메뉴는 닭볶음탕과 봄나물 한두 가지. 퇴근하고 학교에서 귀가한 아이들과 식탁에 앉아서 하루에 있었던 이야기를 하며 저녁을 먹었다.

나는 항상 가족을 위하여 먼저 집안일을 하고 남은 시간은 나를 발전시키는데 사용하였다.

나는 언론에는 나오지 않지만 글을 써서 탈고를 하면 책을 계속 내서 어느 정도 경제적인 혜택을 보았다.

출판의 자유는 있었지만 방송을 장악하여 언론의 자유는 없는 편이다. 그렇지만 책을 한 권씩 써서 끝맺을 때 오는 만족감과 기쁨은 사람마다 다양한 직업이 있지만 작가로서 얻은 이 행복은 무엇과도 비교할 수 없을 만큼 컸다.

이번에는 2년 넘게 써온 소설 「망월동에 핀 진달래 철쭉꽃」을 탈고하여 책이 서점에 나왔다.

선전은 안했어도 발표했던 사건이라 어느 정도 책이 팔렸다. 노무현 정부에서는 미국과 처음으로 자유무역협정 체결을 국가정책으로 한다고 크게 보도하였다.

국가와 국가사이에 무역장벽을 없애고 자유스럽게 무역을 할 수 있는 한미 FTA를 하기도 했다.

그러나 우리나라의 경우는 무역규모 세계8위로 원자재를 수입하여 상품을 만들어 수출로 사는 나라인데 모두 이익을 볼 수 있으나 농산물 어업 등 손해를 보는 경우도 있다.

이익을 보는 사업은 찬성하는데 손해를 보는 사람들은 반대이다. FTA를 하지않는 나라는 세계경쟁에서 살아남지 못한다. 나의 글쓰기는 5.18 사회참여 문학으로 순수문학에 포함이 된다. FTA 한류문화분야에 속하기도 한다.

한류문화가 처음으로 생긴 것은 1988년 서울올림픽부터이다. 6.25 전쟁으로 폐허가 된 땅에서 제1의 '한강의 기적'을 일궈낸 대한민국에 대한 세계인의 관심이 매우 높았다.

나는 책을 가지고 청와대 노무현 대통령을 찾아가게 되었다. 그런데 청와대문 앞에서 개인은 만나지 않는다고 못 들어가게 막고 있었다. 노무현 대통령을 만나야 할 목적이 뚜렷하기에 예정이 없던 연설을 아주 길게 정확하게 또박또박 하였다. 잠시후 청와대 대변인이 대표로 나왔다.

"지금 대통령께서 다른 나라 대통령과 정상회담을 하고 계십니다. 청와대 대변인이니 저 한테 말씀하시죠. 누구십니까?"

"나는 5.18민주화 운동권으로 돈이 없어 정치는 못하고 재주가 많아 작가가 된 김경희입니다. 노무현 참여정부는 보통사람도 만나줄 것 같아 저의 생각을 전하고 알리고 싶어서 왔습니다. 우리나라는 지하자원이 없는 나라이기 때문 세계에서 주목받고 있는 FTA 한류문화 분야 가수, 배우, 드라마, 영화, 문학작품 등을 국가정책사업으로 수출하면 어떻겠습니까. 5.18민주화 이전에는 강한 독재가 집권했고 이때부터 사실상 민주화의 시작이었다고 볼 수 있으니 작품을 세계 유일한 분단국이 민주주의 통일하는 과정을 승화시켜 학생들에게 교육시킬 수 있는 자료로 사용할 수 있도록 하면 어떻겠습니까 하고 건의합니다."

"예, 그런데 '화려한 휴가' 작가가 없던데 누가 썼습니까?"

"언론출판의 자유가 없어 명예훼손이란 죄목으로 감옥에 들어갈까봐 작가가 나오지 않았나 봅니다. 그것은 시민이 썼습니다."

"영화를 찍어도 되겠습니까."

"「망월동에 핀 진달래 철쭉꽃」은 학생 편에 쓴 것입니다. 그때에 학생운동이 시민운동으로 바뀌어 변하였으니 광범위한 의미에서 「화려한 휴가」를 찍는 것이 더 나을 것입니다."

"예, 알겠습니다. 노무현 대통령께 잘 보고 드릴테니 안심하십시오. 「화려한 휴가」가 성공하면 이 소설도 찍도록 하겠습니다."

하고 싶은 말을 다하고 청와대를 걸어서 내려왔다. 마침 봄 햇살이 눈부시고 너무 좋아 청계천 흐르는 물에 나 자신의 모습을 비추어 보기도 하였다. 시청 앞 광장을 가로질러 버스를 타고 집으로 돌아와 우리 가족이 오순도순 앉아서 저녁을 먹을 수 있게 집에 있는 재료로 요리를 하였다.

독자들의 반응을 보면서 광주광역시 북구 공터에 도청 광주시 거리 등의 세트장을 짓는 장면이 텔레비전에 보도되는 것을 체크하면서 신경쓰다보니 소라와는 자주 만나면서 잘 지내는 친구이다.

"소라야 너희 가족과 우리가족이 만나 저녁 먹고 영화보자."

"화려한 휴가가 개봉했다고 인터넷에 뜨더라."

"그래, 너도 보았니? 이번 주 토요일에 어때."

"좋아 시간 맞춰 만나자."

핸드폰 통화를 하고 모처럼 가족끼리 만나 영화를 먼저 보고 저녁을 먹자고 약속했다.

여름휴가 때인데 예년에는 시골에 다녀오곤 하였지만 올해는 명절 때 가기로 하고 아이들이 대학생이라 시간이 자유로워 서울에 살면서 가보지 못한 곳을 구경 다니곤 한다.

지금은 가장 더운 때지만 백화점 영화관은 냉방장치가 잘되어 더위를 피할 수 있어서 좋았다.

늘 약속시간에 먼저 나와 표를 끊어놓고 소라네 가족을 기다렸다. 시간이 되자 도착하여 극장 앞으로 올라왔다.

"안녕하세요. 아줌마, 아저씨."

"안녕하세요."

아이들이 먼저 인사를 하고 아빠들은 악수를 하고 그 동안 근황을 이야기하였다.

"내가 여유가 있으니까 오늘은 내가 살게. 애들아, 극장 안에서 먹을 수 있는 것들을 골라봐라."

팝콘, 오징어, 음료수 등을 고르자 나는 카드로 계산을 하였다. 안으로 들어가 자리에 앉자 영화가 시작되어 한두 시간 감상을 하였다. 그 동안 많은 사람들이 펑펑 울었다. 너무 슬픈 사건이었다. 나는 민주주의를 위해서 희생한 사람들을 대변해서 글쓰기에 성공한 한류가 되겠다고 나 자신과 약속하였다. 그리고 모든 것이 잘 될 것이라고 긍정적인 사고방식으로 나의 미래를 헤쳐 나가기 위하여 적극적인 대책을 세우는데 다시금 생각을 하게 되었다.

영화를 보고나와 우리는 숯불구이 소갈비로 이른 저녁을 먹기로 했다. 음식점으로 들어가서 테이블 두 개를 붙이고 어른들 아이들끼리 앉아 소갈비를 시키자 먼저 숯불을 넣고 그 위 철판에 소갈비를 가져와 올려놓았다. 야채 몇가지 반찬들이 나와 상을 차리고 가위로 고기를 자르면서 익혔다.

"올해 연지는 대학에 들어갔고 연수는 몇 학년이니?"

"고등학교 2학년이지. 공부하기에 바쁜데 방학이라 따라왔어."

"지수형님 한 잔 받아요. 마음껏 마시자구요."

"그래요. 내 잔도 받아요. 애들아 너희들도 많이 먹어라."

"예, 잘 먹겠습니다."

익은 고기를 상추에 싸서 서로 한입씩 먹여주기도 하고 맛있는 음식을 같이 먹는 재미가 일품으로 좋았다.

"여기 고기 더 주세요. 더 먹어요. 애들아 너희들도 더 먹어라."

배가 고픈 터라 한참 맛있게 먹은 뒤 평양식 냉면도 시켜 만족감을 느낄 때까지 맛있게 먹었다.

한두 시간 저녁만찬을 즐기고 다음은 노래방에 가서 서로 좋아하는 노래와 아이들이 잘 부르는 노래를 듣고 따라 부르기도 했다. 먹은 것을 얼마만큼 소화를 시킨 후 그 동안 쌓인 스트레스를 한방에 날려 보내고 기분 좋게 마무리를 하고 나왔다.

승용차를 가지고 나오지 않아 택시를 타고 집으로 돌아왔다. 다음에 또 만나 외식하자고 약속도 하면서 헤어졌다. 소라와 나는 사회에서 만나 지금까지 가장 친한 친구이다.

'화려한 휴가'는 연말까지 전국적으로 관람을 해서 천만관객이 보았다고 텔레비전에 나왔다. 그런데 작가는 누구인지 나오지 않고 인터넷 검색하면 감독이름만 기재되어 있었다.

이 영화도 애국가가 울려 퍼질 때 총을 쏘는 장면이 명예훼손이라면서 군인계통의 사람이 고소를 했다고 한다.

그렇지만 작가이름이 나오지 않아 감옥에 잡혀 들어갔다는 말은 나오지 않았다. 이것은 우리나라가 언론의 자유가 보장되지 않았다는 것을 증명하는 현실상황이었다.

한미 자유무역협정은 타결을 보았다. 그 후 두 달이 되어 이익이 불균형이다, 재협상을 하자며 미국에서 말했다. 한국자동차가 너무 많이 팔리고 미국 자동차는 팔리지 않는다. 이때 한미 FTA 비준안에 한류분야도 들어갔다는 기쁜 소식이 현실로 나에게 다가왔다.

작열했던 태양도 가을이 온다는 처서가 지나면서 온도가 식어가는 듯 시원한 바람이 아파트 베란다를 통해 불어온다.

그런데 제2차 남북정상회담이 8월말로 예정이 되었는데 북한의 수해피해가 많아 주민을 먼저 보살펴야 한다는 의견으로 2007년 10월초로 미루어졌다.

알곡으로 익어가는 들녘에서는 참새와 허수아비의 노래와 춤으로 시끄러운 무대가 열려있었다. 가을하늘은 높고 파란색깔 아래로 구름이 두둥실 떠다닌다. 과수원의 과일이 익어가는 전원향기가 도심 속으로 날아든다. 산들바람은 촉각과 후각 시각을 통하여 풍족한 가을을 음미하게 한다. 너무나 감미로운 음악과도 같았다.

세계가 지켜보는 관심에 노무현 대통령은 금단의 선을 걸어서

넘고 평양으로 향하는 승용차의 긴 행렬에 모든 사람들은 뜨거운 박수를 보냈다.

세계지구촌의 70억 친구 신사숙녀 여러분! 우리는 어찌해서 이렇게 분단의 긴 세월을 보내야만 합니까. 우리가 원하는 것은 남북의 대통합과 분단으로 인해 갈라진 동서의 화합이다. 모든 국민들이 자유로이 오고 갈 수 있는 그러한 시대를 원한다.

이제는 대통령이 하늘 길과 땅 길을 열었으니 자유로이 많은 사람이 다녀오고 다녀가고 할 것이라고 생각한다.

황금물결로 출렁이는 누런 들판은 농기계로 추수하기에 바쁘다. 기계로 왔다갔다하면 저절로 벼가 베어지고 벼알맹이가 푸대에 담겨져 볏짚은 다음 농사에 밑거름이 된다.

우리 남쪽은 해년마다 풍년이 들어 벼를 저장하는데도 한계가 있어 국고가 낭비된다고 한다.

들녘에 핀 갈대밭에서 산들산들 부는 바람에 이리저리 흔들리는 그대는 나의 마음속에 들어와 여러 가지 생각하는 가지가 된다. 은빛날개 달은 천사, 비파타고 내려와 갈대우는 소리를 가만히 듣는다.

11. 승리

짙은 초록빛깔이 아름다웠는데 시원한 바람이 불면서 서서히 색이 바래지더니 한잎 두잎 물이 들기 시작했다. 태양을 많이 받은 이파리부터 가장 고운 단풍으로 빛나고 찬란했던 순간을 표현하는 아름다운 언어였다.

먼저 물이 들어 한해를 잘 보내고 떨어진 가랑잎 사이로 다람쥐가 먹이를 찾아다니고 산에서 사는 새들은 즐거운 소리로 노래 부른다. 삼천리금수강산은 단풍이 들어 모두가 절정을 이루어 사람들을 산으로 부른다.

산속에서 흐르는 계곡과 연결이 되어 시냇물이 흐르는 한 폭의 그림이 펼쳐지는 장면을 감상하고 있다.

생명력이 강한 들에 핀 가을꽃이 흐드러지게 눈을 자극하여 시선을 잡아끈다.

옛날부터 산 밑 물이 흐르는 곳에 웅덩이처럼 옹달샘이 고여 있었다. 지금은 지나가는 사람들이 목을 축이지 않고 물을 마시려하지 않는다. 문명이 발달하면서부터 공해가 생겼기 때문이다.

대자연은 울긋불긋 노란색 빨간색 등으로 옷을 갈아입더니 고운 색깔도 잠시 갈색으로 변해 낙엽으로 떨어진다. 낙엽이 우수수 떨어지는데 우리나라는 대통령 선출하는 선거철이 되었다.

떨어진 낙엽을 밟으며 군청색 바바리를 입고 거리를 걸어 다닌다. 선거 운동하는 사람들의 인파에 합류하여 여기저기 활개를 치듯 누가 선출이 되는지 관심 있게 보지만 정권재창출이 아니라 정권교체에 더 무게를 두는 여론이 우세하다. 진보당은 북한에 퍼주는 것을 찬성하지만 보수당은 우리 살기도 힘이 드는데 북한을 많이 도와주는 것은 반대다 미국에 퍼주고 또 북한에 퍼주고 우리 경제는 더욱 어려워 무엇을 먹고살아야 하냐고 모두가 힘들다고 아우성이다.

계절은 초겨울로 바뀌면서 선거열풍은 더욱 뜨겁게 달아올랐다. 어느덧 거리에는 마지막 남은 낙엽이 떨어지고 앙상한 가지가 겨울 찬바람에 이리저리 흔들린다.

기온이 영하로 뚝 떨어지더니 첫눈이 내려서 쌓였다. 세상이 모두 하얀색으로 변해 세속의 더러운 곳을 깨끗하게 정화시켜 준다. 사람의 마음까지도….

드디어 제17대 대통령 선거에서 한나라당 이명박후보와 민주통합당 정동영후보가 경쟁을 해서 12월 셋째 주 수요일 투표하여 이명박씨가 당선을 하였다.

선거 당일날 투표한 사람들을 출구조사해서 선거 마감시간뉴스에 대통령당선확정으로 이명박씨가 나왔다.

몇 달간 긴 겨울의 터널이 지나고 꽃피는 봄이 되었다. 세상은 화사한 꽃들이 피어 싱그러운 향기가 진동을 하는 봄의 한가운데에 와 있었다.

제18대 국회의원 총선을 치르자 여대야소가 되어 여당의 국회의원이 과반수가 넘었다.

이명박대통령은 선거를 한 뒤 미국 부시대통령을 만나 한미정상회담을 하였는데 여기에서 쇠고기 개방을 한다고 했다. 취임을 한 후 첫 번째로 미국을 방문한 결과 쇠고기 개방을 반대하는 촛불을 밝혀서 데모를 하는 또 다른 민주주의 표현을 이런 방법으로 하였다.

몇 달간의 촛불집회는 정부의 대책으로 잠잠해진 것 같았다. 미국에서는 3월부터 경제가 나빠지더니 9월이 되자 회사가 부도가 터지는 등 경제위기가 찾아왔다.

12월 미국대선에서 어려운 경제를 잘 헤쳐나가는데 힘 있는 젊은 후보자 오바마가 미국대통령으로 선출되었다.

미국경제가 좋지 않으면 우리나라경제도 영향을 받아 어렵고 세계경제가 모두 장기간 침체되는 위험에 빠지는데 다행히 우리나라는 대처를 잘하여 위기에서 벗어날 수 있었다. 지금은 세계가 어수선한 상황인데 춥고 배고픈 겨울이 되어 서민들의 고통은 말할 수 없이 컸다.

한편 나는 글을 쓰면서부터 불면증을 앓고 있었다. 그동안 늦게 문단에 나온 탓에 몸에 무리가 갈 정도로 중년인데 이겨나갈 수 있다 하고 깊은 열정으로 열심히 나의 일을 하였다.

의료관리공단에서 나온 건강검진을 종합병원에서 받았는데 당뇨병 초기로 병명이 나왔다.

"당신 요즘 살이 빠지는데 건강에 이상이 있는 게 아니요."

"뭐요, 아직 젊은데 별일이야 있겠어요."

"회사일이 바빠서 나는 빠질 수 없으니 꼭 당신 혼자서라도 병원에 가 봐요."

"그럴 필요 없어요. 알아서 할께요."

나는 갑자기 살이 빠지고 물과 음식이 당겨 평소보다 많이 먹었고 소변을 자주 많이 보았다. 그런데 당뇨병이란 말을 믿지 않고 아직 젊은데 그럴 리가 없다, 자꾸 부정을 하고 갑상선도 같은 증상이라던데 혹시 갑상선이 아닐까 하고 자신이 위험하게 진단을 하였다.

예년처럼 즐거운 크리스마스, 한 해가 마지막 가는 연말이 되었다.

아빠 친구들끼리 한 달에 한 번씩 모이는 모임이 있었다. 언제나 망년회는 부부동반으로 모이는데 한 해를 가족과 함께 조용히 보내자는 의미가 있었다.

외출을 하고 이때부터 감기기운이 있어서 종합감기 약을 사서 복용을 했다. 몇 년간 감기를 앓지 않았는데 약이 듣지를 않아 내과에 가서 진찰을 하고 감기약을 처방받아 사먹었다.

열흘 동안 나을 기미를 보이지 않더니 결국 쓰러지고 말았다. 다행히 큰 아이는 대학을 졸업하고 직장에 다니고 작은 아이가 학생이라 집에 있어서 병원에 데리고 갔다.

처음에 이비인후과에 갔으나 엄마가 위험하다고 응급센터에 가라고 하였다 한다. 영진이가 증상을 설명하고 먼저 피를 뽑아 혈당수치를 보니 보통기구로는 수치가 나오지 않아 특별기계로 당 수치를 보니 750까지 고혈당으로 나와 생명이 위험해서 중환

자실로 입원하게 되었다. 그날 밤 열한 시까지는 의식이 있었으나 그 다음날 혼수상태로 의식을 잃어 5일 밤을 깨어나지 못했다. 산소호흡기를 꽂고서 하늘나라 죽음의 문턱까지 갔다왔다.

"여보, 깨어났어. 살아나서 고맙소."

"엄마, 괜찮아? 힘내."

"엄마, 사랑해. 깨어나서 고마워."

시댁 친정식구들이 병문안 오고 염려해 준 덕분으로 약 20일 입원치료를 받고 퇴원하였다.

나는 죽었다 다시 살아남으로써 새로운 삶을 하느님의 은혜에 보답하는 신앙심이 강한 인간으로 거듭 태어났다.

어느 덧 새봄이 왔다. 병원치료를 계속받아 어느 정도 몸이 좋아졌다. 벤치에 앉아 봄 햇살의 따사로움을 마음껏 느끼면서 다시 살 수 있게 기적을 보여주신 뜻을 음미하고 있다.

이명박대통령은 오바마대통령과 4월 런던 G20정상회담에서 만나 제1차 한미정상회담을 했고 그리고 6월 미국을 방문 제2차 한미정상회담, 11월 우리나라를 답방하여 제3차 한미정상회담을 개최하기로 할 예정이다.

한미정상회담의 내용은 한미 FTA비준을 위해 서로 노력을 하도록 하자고 하였다.

지금 국회의사당 옆 윤중로에는 벚꽃이 만발하여 사람들이 많이 모였다. 구경하는 인파들에 이끌려 길을 걷고 있다. 연분홍 꽃잎이 낙화하는 장면을 카메라로 담기도 하였다.

살아있기에 이런 자유로운 시간과 행복한 마음을 만끽하면서 싱그럽고 신비로운 생동감 속에 오늘 하루가 간다. 그리고 또 다른 내일이 되면 태양은 찬란히 떠오를 것이다. 꽃피는 4월은 내 가슴 속에 새로운 추억을 남기고 장미가 피는 계절의 여왕 5월이 왔다.

어릴 때부터 가장 좋아하는 달은 푸른 5월이었다. 행사가 많은 가운데 열리는 축제가 있기 때문이다. 그런데 스무살 5월에는 마음의 상처를 받아 쓰리고 아픈 달로 기억이 된다. 많은 친구 선배 후배들의 죽음을 보면서 내가 해야 할 일은 무엇인가 자꾸 자신에게 물음을 던지면서 성숙해 갔다.

5.18 민주화를 위해 희생된 그분들을 대변해서 글쓰기를 스스로 맡아 통일을 구축하는데 밑거름이 되자.

5월이 오면 그때 했던 다짐들을 상기시키고 다시 새롭게 나의 가야 할 길을 다 잡는 기회가 된다.

나뭇가지에 이파리가 가장 짙은 녹색으로 빛을 발휘하고 있다. 아침햇살의 영롱한 이슬방울이 대롱대롱 매달려 찬란한 오색빛깔로 마음속에 무지개가 수놓인다.

온 가족이 모여 부족한 잠을 보충하고 점심을 먹은 뒤 후식으로 커피를 마시면서 대화를 나누고 있다.

"언니, 오이 마사지하자. 오이를 얇게 썰어 올게."

"그래, 좋아. 엄마 아빠도 피부에 관심을 두고 관리하세요."

"애들따라 해볼까요. 여보."

"나는 남자인데…."

"연예인들은 남자도 기본으로 화장하고 나오는데요. 아빠."

오이를 작은 딸이 썰어와 얼굴에 부치고 나란히 누워 수다를 떨고 있다.

나는 광주사태란 열악한 환경과 조건 속에서 나의 꿈을 이루기 위해 얼마만큼 노력해 왔는가 나 자신에게 또 묻는다.

몇 권의 책을 내고 어느 정도 경제적 여유를 가졌지만 국내에서는 세계에서 인정을 받아야 유명한 사람이 될 수 있다고 말한다. 세계에서 한류문화를 알아 줄 때까지 죽기 살기로 죽을 힘을 다해 피나는 노력을 해왔다. 천재는 99%의 노력과 1%의 영감으로 이루어진다. 천재라고 세계에서 인정할 땐 나의 작품이 영화로 만들어서 수출할 수 있는 그 시점이라고 본다.

그 후 2년이 지나고 다시 봄이 되었다.

봄나물 등이 시장에 나와 미나리와 냉이를 사와 입맛이 떨어져서 된장국을 끓이고 엄마가 흑산도에서 잡힌 국산 홍어를 보내와 미나리를 데쳐 새콤달콤 무쳐 식탁이 풍성해졌다.

개구리가 잠에서 깨어난다는 경칩이 지나고 꽃피는 것을 시새워 찾아오는 꽃샘추위도 몇 번씩 왔다가고 완연한 봄 햇살에 나무에는 물이 올라 새싹이 터져 나온다.

나의 일과 민주주의 정치와 연관된 관계로 국회에 자주 다니는 편이다. 오늘도 볼일이 있어 국회에 나왔다.

"국회에 자주 다니는 것은 알지만 이번에야 보게 되었군요. 잘 있었소. 그 동안."

"예, 왜 나에게 관심을 보이죠."

"우리야 이루어지지 않았지만 보통사이가 아니잖소. 저기 가서 자판기 커피라도 마시고 이야기 좀 합시다."

커피를 뽑아 들고 한쪽에 놓여있는 의자로 가 앉았다.

"한미 FTA 비준안에 한류분야도 들어갔어요. 이익이 불균형이라고 해서 쇠고기를 개방하고 작년 12월 초에 자동차도 같이 개방했소. 국회통과만 하면 되요. 올해 미국대통령 제2기 집권하기 위해 투표하면 그 시점이 될 것 같아요. 당신은 이것만 이루어지면 크게 성공한 사람이 될 것이요."

"준혁씨가 말을 하지 않아도 언론을 보면 알 수 있으니 내 주위에서 맴돌지 말아요. 제발 부탁해요."

"당신이 성공하는데 내 마음이 왜 이리 애리고 쓰린지 모르겠어요. 이루지 못한 사랑 때문이요."

"사랑이라고 말하지 말아요. 이룰 수 없는 환경과 한계가 벽으로 가로막고 있으니, 당신 마음속에서 지워버려요."

"알겠어요."

"그럼, 일이 바쁘니 이만."

나는 그 자리에서 일어나 볼일을 보러 총총걸음으로 빠져나갔다. 생각하고 말하고 싶지 않은 불편한 심기를 애써 다독이며 오직 성공을 위해 그리고 우리가족과 재미있게 오순도순 사는 것이 그 사람에 대한 복수라고 여기고 일을 보고 집으로 왔다.

이젠 아이들이 다 자라고 대학을 졸업해 전문적인 자기 일을 가지고 사회생활을 잘하고 다닌다.

나는 자유를 만끽하고 즐기면서 일상을 편안하게 보내면서 살아가고 있다. 가끔 당일치기로 여행을 하지만 우리부부가 오랜만에 시간을 내어 이번에는 2박3일로 제주도 구경을 하기로 결정을 하고 비행기표를 왕복으로 예약하였다.

"애들아, 반찬은 만들어서 냉장고에 넣어 놨다. 아침 굶지말고 챙겨 먹어라. 아침에 밥을 먹어야 하루 일하기가 편하다."

"예, 엄마. 우리들 걱정하지 말고 잘 다녀오세요. 다 자랐으니까 엄마 아빠 인생사세요."

"엄마, 선물사오세요. 나는 막내잖아요."

나는 지금도 나이가 오십이 넘었는데도 여행가는 전날 밤은 마음이 설레고 기분이 들떠 진한 감동으로 잠을 설치기도 한다. 준비를 다 해놓고 오늘밤은 남편과 침대에 누워 일찍 잠자리에 들어 꿈나라로 향했다.

다음날 핸드폰의 알람시계가 울리자 일어나서 세수하고 화장을 하고 시간에 맞춰 남편이 여행가방을 끌고 집을 나섰다. 김포공항으로 가는 택시를 잡아타고 가는 중이다.

나는 이렇게 작가이기는 하나 알아보는 사람이 없어 남의 방해를 받지않고 하고 싶은 대로 자유롭게 행복한 시간을 즐기면서 재미있게 생활을 하고 있다.

우리는 제주도에서 추억을 새기고 구혼여행을 민박집에 묵으면서 정신적 육체적으로 교감을 통해 해가 더해갈수록 사랑의 기쁨으로 충만해 엔도르핀이 솟아 나오는 것 같은 느낌이 새롭게 든다. 너무나 아름다웠다.

짧았던 봄날은 가고 장마 뒤에 뜨거운 태양볕으로 찾아오는 잠 못이루게 하는 열대야도 말끔히 가셨다.

짙은 초록의 그림자에는 시원한 바람의 한줄기가 쉬었다 간다. 코스모스 한들한들 피어있는 시골길이 생각나는 나른한 오후에 소나기가 쏟아지더니 제법 더위가 식어 견딜만해진다. 이제는 계절이 변하기 위해 마지막 더운 열기가 여름의 해시계 위에 날려보내 남쪽의 햇볕이 알맹이가 익어가는 단맛 속에 스며드는 것 같은 느낌이다.

한미 FTA 비준이 몇 년간 진전이 없었으나 2011년 미국의 대통령선거 한 달을 앞두고 비준이 미국의회에서 통과되었다. 너무 기다렸던 것과 달리 한미간 대화를 통해 조정을 한 뒤 순조롭게 통과된 것을 보았다.

깊어가는 가을밤. 나는 이제 하면 성공할 수 있다, 자신감이 생겨 나의 일에 더욱 긍지를 가지고 임하게 되었다.

이제 우리나라 국회에 통과되면 현실로 이루게 되는 것이다. 그런데 여야가 한 치의 양보를 하지 않고 서로 팽팽한 대립을 하고 있어 국회가 너무 시끄러웠다.

나는 이 시점에서 두 가지 일은 정신이 분열되어 할 수 없다는 것을 알았다. 쓰러지고 의식이 5일 동안 없었던 그때부터 일상생활은 잘 하지만 글쓰기와 정치는 동시에 할 수 없고 의사선생님의 말을 듣지 않고 하다간 생명이 단축된다는 것을 명심하라는 말씀이 있었다.

정치를 하면 대통령까지도 될 수 있다는 말을 해도 그것보다 글을 조용히 쓰면서 오래 살고싶은 나의 마음이다.

그해 11월 하순 강행처리로 국회를 통과하면서 저지를 못하고 최루탄을 터트리는 국회의원도 있어 아수라장이 되었다. 겨울로 향해가는 길목에서 마음을 굳건히 다지고 반겨주지도 않을 것 같은 예감이 들지만 편지를 보내고 만나자는 전화도 없는데 청와대로 찾아갔다.

청와대 정문으로 가는 입구에서 사복입은 형사가 길을 막고 주민등록증을 보자고 했다.

"전과기록은 없어요."

가방에서 꺼내 건네주면서 말을 했다.

"운동권 출신으로 작가가 된 김경희입니다. 예전에 고 노무현 대통령께 한미 FTA에 한류분야도 넣어 달라고 건의를 했습니다. 발표는 안했지만 한미 FTA비준에 들어간 것으로 알고 있습니다. 강행처리로 통과된 것을 보고 이 일로 이명박대통령을 만나러 왔습니다. 막지말고 보내주세요."

형사는 무전통신으로 연락을 하고 기다리라고 사람이 온다고 했다. 점심시간 내내 벌을 받고 있는 이상야릇한 기분이 들었다. 시간이 얼마만큼 지난 뒤 이윽고 남자분이 나왔다.

"안기부에서 왔습니다. 대통령께서는 개인은 만나지 않고 정치를 해야 만날 수 있습니다. 무슨 일이지요."

"한미 FTA비준이 통과된 것을 보았어요. FTA 한류분야에 나의 작품이 들어갔어요. 발효가 언제죠. 상의하러 왔어요."

"말했잖아요. 내년 총선에 출마해서 정치에 입문하고 다시 오시라구요!!."

"갑상선 목 수술을 했어요. 연설을 오래할 수 없어요. 건강이 좋지 않은데 어떻게 할 수 있겠어요."

"그렇다면 할 수 없네요. 만날 수 없습니다. 오지마세요."

한참 옥신각신 옳다 그르다 말로 다투다가 나의 힘으로는 어찌할 수 없어 작품을 건네주지 않고 들고서 집으로 돌아왔다. 겨울은 을씨년스럽게 다시 찾아와 마음속을 어지럽히고 내가 하고 싶은 일만 하고 살기에 가만히 두지 않았다. 경제는 여전히 춥고 배고픈 서민들을 서글프게 만들었다. 어떻게 정치가 돌아가는지 지금으로써는 지켜볼 따름이다.

김대중대통령께서는 건강이 좋지않아 의사선생님이 따라다니면서 정치를 하셨다고 하는데 큰 업적으로는 통일을 시작하는 물꼬를 트셨는데 통일을 완성해서 철조망이 부서지고 남북이 자유롭게 오고가는 시대를 만들어볼까.

그 일은 누가 맡아서 할 사람이 없을까 곰곰이 생각을 하고 또 생각해보아도 뾰족한 방법이 없었다.

이런 가운데 2012년 4월 제19대 국회의원 총선을 치뤘다. 지금의 여당은 한나라당을 새누리당으로 명칭을 바꾸고 다시 국민들의 지지를 얻어 민주통합당을 이기고 과반석의원수가 넘은 제1의 여당이 다시 되었다.

나는 푸르름이 짙어가는 여의도공원 KBS방송국문 앞을 걸어가고 있었다. 그런데 나를 부르는 소리에 걸음을 멈추었다.

"김경희씨, 여기는 왠일이요. 언론의 자유는 풀리지 않았을 텐데 세계인이 알아주는 한류작가가 되어야 나올 수 있을 것이요. 나는 방송국에 볼일이 있어 왔다 가는 중이요. 저기 벤치에 앉아 이야기 좀 나눕시다."

"그렇게해요."

"이번 국회의원에 낙선했소. 삼선까지는 무난하게 했는데, 이제 서울에서 살지 않을 거요. 건강이 나빠져서 전원주택지어 공기좋은 곳에서 자연과 더불어 노년을 보낼 것이요. 당신을 이제부터는 만날 수가 없어요."

"어디가 아프세요."

"술 때문에 간이 좋지 않아요."

"… 무엇이라고 말할 수가 없네요."

마지막으로 일어서서 악수를 하고 서로 반대쪽으로 빠른 걸음을 걸어 선약이 있어 빠져나갔다.

지금까지 아픔으로 남아있는 말하고 싶지 않아 생각에서 지워버린 그 남자 이제는 보지 않아도 된다고 하니 측은해진다. 인생에 있어 최후의 승자는 어떤 사람일까. 독재와 싸워 전과기록이 한 번도 없었던 것은 아버지의 사랑 때문이다. 잡혀가면 돈 주고 빼오기를 몇 번씩 해주셨던 아버지…. 나는 어떻게 무엇을 하며 살 것인가에 간접적인 영향을 일깨워 주신 부모님이자 스승님이시다.

가정교육과 학교교육을 통해 모든 경쟁에서 이기는 방법을 터득했고 그 어떤 총과 칼보다 문학의 힘이 가장 강하다는 것을, 미래의 통일된 조국건설에 원동력이 된다는 것을, 실천하는데 있어서 나 자신과의 싸움에서 이기는 것이 인생에 최고의 승자가 된다는 것을 알았다.초록빛깔에서 불어오는 훈풍이 내 마음속 깊은 곳에 잠자고 있는 잠재의식에 무한한 가능성으로 도전할 수 있는 용기를 샘솟게 만들고 있다.

12. 대선

아직은 초여름이라 대지가 더워지지 않았다. 아침에는 오이의 상큼한 내음새가 가득한 거실에서 주말이라 늦잠을 자다 일어나온 가족이 식사를 한다.

아이들은 외출할 준비를 하고 나는 아빠와 커피를 마시고 담소를 즐기면서 평화로운 시간을 보내고 있다.

활동하기 편한 옷으로 갈아입고 남편과 손을 잡고 신길로를 산책하다 나무 밑 벤치에 앉아 피부에 시원한 느낌을 감상한다. 올해는 대선이 있는 해인데 지금은 조용한 편이다.

먼저 새누리당에서 비상대책위원장 박근혜씨와 이명박대통령의 회동 청와대 초청으로 만남이 있었다.

지구는 점점 태양가까이 돌면서 우리나라는 장마철이 끝난 뒤 폭염으로 땡볕더위가 찾아와 한반도가 용광로처럼 활활 타올랐다. 습도가 높아 푹푹 찌는 찜통이 따로 없었다. 입추와 말복이 지나자 아침저녁으로 시원한 바람이 불어왔다. 여당은 8월 중순 박근혜씨를 새누리당 대통령후보로 선출했다는 보도가 흘러나왔다.

나의 글쓰기는 노무현대통령이 건의를 받아 한미 FTA 비준안 한류분야에 넣어주셨고 이명박대통령이 국회를 통과시켰기 때문에 이쪽 편도 아니고 저쪽 편도 아닌 중립이다.

우리나라 안에서는 언론에 나오지 않았기 때문 대선을 치르는데 큰 역할을 맡고 있지 않았다. 그런데 최초의 여성후보가 나와 누가 대통령에 당선이 될까 관심거리가 되어 촉각을 곤두세우고 지켜보고 있었다.

계절은 가을로 변화하기 위해서 준비를 하고 어디서부터 불어오는지 가을바람은 꽃향기와 과일 익어 가는 냄새가 실려와 넉넉하고 풍요로운 결실의 기쁨을 만끽하고 있는 중이다.

들녘에는 누렇게 익어가는 벼이삭이 고개를 숙이고 맑고 높은 하늘 허공을 나는 새들은 언제나 보고 있는데 자유를 즐기며 춤을 추고 있다. 나는 꿈을 이루기 위해 열정으로 밤새워 글을 쓰기에 바쁘다.

한편, 야당인 민주통합당에서 한 달 전에 대통령출마 선언한 문재인씨가 9월 16일 경선을 통해 대통령 후보로 선출되었다. 곧바로 광주 망월동 국립묘지와 군대에 가면 먼저 모이는 곳 논산 훈련소를 방문해 추석민심잡기에 공을 들였다. 그리고 처음으로 시민캠프에 인사오는 날 만날 수 있었다.

"안녕하세요. 저는 한미 FTA비준에 통과된 민주주의 통일 5.18 문학의 작가 김경희입니다. 문학작품과 영화로 찍어서 한류분야를 수출할 수 있도록 해주세요. 건의합니다."

"그래요."

문재인씨에게 회의를 하고 난 뒤 간단하게 말할 수 있는 기회가 와서 너무 좋았다.

갑자기 젊은 사람들의 지지를 통해 등장한 안철수 교수는 추석 전에 무소속으로 대통령 출마선언을 했는데 새누리당 박근혜 후보보다 지지율이 더 높았다.

문재인씨와 안철수씨는 대선 43일 남겨두고 야권연대 단일화 협상을 위해 첫 만남을 가졌다. 단일화를 넘어 가치철학과 희망을 공유하고 빠른시일 내에 기쁜소식 전하겠다고 하였다.

민생을 살피는 새로운 정치의 첫걸음.

1. 기득권세력을 이길 수 있는 단일화
2. 가치와 철학을 공유할 수 있는 단일화
3. 미래를 바꿀 수 있는 단일화를 해야 한다고 말했다.

선거는 불확실성을 제거해 나가고 확실하게 현실이 되는 것이며 경제개혁과 안보평화가 있는 공동선언도 같이 하였다.

문재인 원칙

1. 국민이 알권리가 있는 단일화
2. 국민다수가 참여한 단일화
3. 에너지 시너지가 큰 국민연대

안철수 단일화 원칙

1. 힘을 합쳐서 정권교체하고 정치쇄신을 해나가자

2. 아름답고 시너지효과가 있는 단일화

3. 박근혜와 경쟁할 인물 국민연대 누가 후보가 되더라도 표가 이탈하지 않기 1+1 = 3이 되게 한다.

　계절은 단풍이 들어 낙엽되어 떨어지는 철이 되었다. 낙엽이 우수수 떨어져 바스락바스락 밟으면 소리가 난다. 나는 곱게 화장을 하고 청바지를 입고서 사무실로 외출을 한다. 안철수 후보는 대선후보등록일을 앞두고 국정운영 경험이 없어 사퇴를 하고 말았다.

　새누리당 박근혜후보, 민주통합당 문재인후보, 통합진보당 이정희후보 그 밖에 몇 명 더 있으나 낮은 지지율이었다. 전국은 선거분위기로 서로 경쟁하는 뜨거운 열기가 한층 고조되었다.

　가을은 그만 막이 내리자 첫눈이 내려 온 세상은 하얗게 변했다. 세속에 더러워진 욕망을 깨끗하게 청소하여 빛으로 승화하기 위해 하늘은 하얀 가루를 자꾸 내려 보냈다.

　언제부터인가 12월이 되면 캐롤송이 상점에서 흘러나왔는데 지금은 살기가 힘들어서인지 노랫소리가 나오지 않는다. 좀처럼 서민들의 지갑은 열리지 않는다. 박근혜 후보는 대기업에서 돈을 받아 복지를 위해 돈을 쓰겠다고 공약을 했다.

　후보들은 3차례에 걸쳐 TV토론도 하였는데 마지막으로 할 때 국정원여직원을 감금하고 물 한모금도 주지 않았다는 말을 박근혜 후보가 하고 또 서로 선거운동원이 했다고 주장했는데 수사가 끝나기도 전에 민주통합당이 했다고 경찰에서 발표를 해 버렸다. 그리고 국정원 댓글을 썼다. 여론조사에서 계속 박근혜 후보지지

율이 더 우세로 나오고 선거일 일주일전부터는 조사할 수 없게
했었다.

TV광고도 몇 번씩 바꾸어서 방송을 했는데 박근혜 후보에게
유리하게 돌아갔다.

결국 2012년 12월 19일 대선에서 박근혜씨가 대통령으로 당선
되었다. 당선이라고 확정이 되자 대변인이 지금 박근혜 당선인은
웃지도 않고 울지도 않고 아무 말도 없고 아무도 만나지 않는다
고 했다. 그리고 빚부터 내서 돈을 나누어 준다고 보도에 나왔다.

이명박대통령을 만나려고 찾아가도 청와대 문 앞에서 못 들어
가게 가로 막고 선거 때 박근혜 당선인을 만나려고 해도 비서들
이 못 만나게 하는데 이 난국을 어떻게 헤쳐나가야 할지 앞이 막
막했다.

당신들은 권력, 명예, 돈을 다 가진 힘있는 사람들인데 비해 내
가 가지고 있는 것은 지혜, 아는 것밖에 없다.

그렇지만 '아는 것이 힘이다'라는 명언이 있지 않은가. 온 정신
을 집중해서 편지를 쓰기위해 구상을 하였다.

축제분위기 속에 메리크리스마스 그리고 연말이 되었다. 무거
운 생각은 잠시 접어두고 부부동반으로 모이는 망년회에 참석하
여 즐거운 회식 노래방에 가서 스트레스를 풀고 여러 가지 머리
아픈 것들 이야기 화제거리를 뒤로하고 재미있게 놀다가 늦은 밤
남편의 손을 잡고 돌아왔다.

박근혜 대통령 당선인께

박근혜 대통령 당선인님

저는 한미 FTA 비준에 통과된 세계유일한 분단국 민주주의 통일(5.18 문학)의 작가 김경희입니다. 예전에 고 노무현대통령님을 만나 뵙고 우리나라는 우수한 고급인력이 있으나 지하자원이 없는 나라이기 때문 세계에서 주목받고 있는 선진국으로 들어 갈 수 있는 FTA 한류분야 가수, 배우, 드라마, 영화, 문학작품 등을 국가정책으로 수출하면 어떻겠습니까 하고 건의한 바가 있습니다.

그 중에 5.18문학작품도 한미 FTA에 들어갈 수 있게 해달라고 제안한 적이 있습니다.

박근혜대통령 당선인께 다시 한 번 이러한 부분을 제안하는 바입니다.

그런데 미국에서 이익이 불균형이다라고 재협상을 하자고 했을 때 한미 FTA 비준안에 들어간 것으로 알고 있습니다.

이명박대통령님께서 미국과 협상해서 최루탄 터트리고 강행처리로 국회에서 통과된 것을 보았습니다.

제가 문학의 길을 가기까지 우여곡절이 많았습니다.

저는 어려서부터 글쓰기를 많이 했으나 언론출판의 자유가 없어 국문과를 가지 못하고 공무원으로 근무했습니다.

결혼과 함께 본격적으로 글쓰기를 해서 마흔 살에 등단

을 하고 6권의 책을 내고 소설을 마무리하고 또 소설을 쓰고 있습니다.

제가 저의 할아버지의 가르침 아버지가 열다섯 살때 전쟁을 겪고 첫 자녀를 문학으로 기르신 뜻을 받들어 저의 꿈을 이루기 위해 많은 노력을 해 왔습니다.

글을 쓰면서 스무살 때부터 불면증으로 정신과 치료를 받고 삼십 년 가까이 수면이 부족하자 췌장에서 인슐린이 적게 나오고 갑상선에서 호르몬이 적게 나와 혹이 생겨 수술하고 여러 가지 부작용이 따라왔습니다.

당뇨병과 과로 때문에 쓰러져 5박6일 동안 의식이 없어 산소호흡기를 꽂고 죽었다 깨어나 중환자실에 일주일 입원한 적도 있었습니다.

저는 꿈이 있습니다.

노벨문학상을 가슴에 안는 꿈을 주부지만 꾸고 있습니다.

평생문학을 하면서 나라를 세계에 길이 빛낼 수 있는 저의 꿈을 이룰 수 있도록 도와주시면 감사하겠습니다.

5.18문학을 지난번 16대국회가 여소야대 때 금지사항으로 법으로 정해 텔레비전에 못나오게 막아 놓은 것으로 알고 있습니다. 이제 통과됐으나 알려지지 않은 무명으로 되어있습니다.

박근혜대통령 당선인께서 초대해주신다면 만나 뵙고 대화를 하고 싶습니다.

국민이 원하고 청와대에서 원하고 새누리당에서 필요로

하면 정치도 할 수 있다는 각오가 되어 있습니다.

저는 사회에서 국가에서 필요로 하는 인물이 되어 세계에 널리 이름을 떨칠 수 있는 그러한 사람으로 거듭나고 싶습니다. 박근혜대통령 당선인이 저를 필요로 하고 저는 박근혜대통령 당선인이 필요한 서로 돕는 선진국으로 입문할 수 있는 방법을 머리 맞대고 토론하고 발표할 수 있는 정치문화를 만들어 가도록 최선의 노력을 하겠습니다.

이 모든 것을 해결하기 위해 박근혜대통령 당선인님을 만나 뵈올 수 있기를 희망합니다.

그럼 안녕히 계십시오.

2012년 12월 20일

박근혜대통령님께

박근혜대통령님, 안녕하십니까!

제18대 대통령취임을 진심으로 축하드립니다.

저는 한미 FTA 비준에 통과된 세계유일한 분단국 민주주의 통일(5.18문학)의 작가 김경희입니다.

대한민국이 하나 되기 위해서 우리나라는 무엇을 해야 할까요?

저는 어려서 두 가지 길이 있었습니다.

높은 사람의 인맥으로 공무원이 될 수 있었으나 적은 박봉으로 풍족하게 살 수 없어서 다시 선택한 것이 글쓰기였습니다.

처음에는 내가 잘되기 위해 문학을 선택해 시작했으나 그에 따른 부작용이 너무 많았습니다.

두 가지 일 즉, 정신이 분열되면서 오는 불면증은 평생 안고 가는 병이었습니다.

흔히 만병의 근원이라고 말하지요. 겉은 말짱하지만 영혼은 상처투성이로 피곤이 누적되어 오는 스트레스는 말할 수 없이 많았습니다.

저는 우리나라가 남북이 나뉘어지고 동서가 갈라져 매우 슬펐습니다.

이 모든 것을 감내하고 하나가 되어 우리나라가 선진국으로 올라가는데 일조하고 싶은 일념 하나로 이 길을 선택했습니다.

첫째, 나도 잘 살자. 그리고 국민들이 잘 살기 위해 서로서로 돕고 상생발전하자고 말하고 싶습니다.

평생 문학을 하면서 나이가 53세가 되었는데 저는 아직 무명입니다.

한미 FTA 비준이 통과되고 발효가 되었으니 문학하는 사람으로 이름을 발표해 주시면 어떻겠습니까 하고 묻는 바입니다.

책을 내게 되면 번역하기 전에 계약을 해야 됩니다.

흔히들 말하는 인쇄비로 알고 있는데 인세가 맞습니다.

인구수에 대한 세금과 같다고 하여 인세라고 합니다.

인세는 국내에서 판 것과 세계에서 판 것이 다릅니다.

국내에서는 계약할 때 대화를 해서 돈을 조금 지불하고 팔아서 10%씩 월말이면 지급이 됩니다.

세계에서 판 것은 정기 3%입니다.(서점은 도매가 10%, 소매가 30%)

통일이 되면 우리나라는 적은 나라지만 강한 나라 강소국이 될 것입니다.

선진국으로 올라 갈 수 있는 수출할 수 있는 품목 14가지 그리고 인구가 오천만 명 책의 판권(영화로 제작해서 수출하는 판권)으로 복지정책이 잘된 선진국이 되어야 합니다.

우리나라 오천만 명중 상류층 10%, 중산층 20%, 서민 40%, 하루 벌어 겨우 먹고사는 사람이 20%, 국가와 사회의 도움으로 사는 사람 10%라고 보도에서 통계를 보았습니다. 적어도 70%까지는 혜택이 돌아가야 한다고 생각합니다.

이 부분에서 문학하는 작가로서 발언권이 있습니다.

세계에서는 책값이 비싸다고 들었습니다.

책을 베스트셀러를 팔아 달러를 수금하는 사람은 박근혜대통령님 정부입니다.

모든 국민에게 골고루 혜택이 돌아가도록 부정부패가 없는 국정을 운영할 수 있도록 노력을 해주시길 바라겠습니다.

저는 평생 문학을 하면서 스테디셀러로 내가 죽은 다음에도 학생들이 민주화통일 교육하는 지침자료로 사용할 수 있도록 최선의 노력을 다 하겠습니다.

우리가 숨 쉬고 사는 세상, 미래에 영원히 존재하는 후손에게 정신적인 유산을 남길 수 있도록 허락하신 하느님께 감사합니다.

어느 사이 우리 곁에 꽃피는 봄이 왔습니다.

긴 겨울의 터널이 지나고 화사한 봄이 온 것처럼 우리국민의 삶에도 밝고 좋은 날이 올 것이다라고 확신합니다.

박근혜대통령님과 저와의 만남도 국민들과 만남도 이루어 졌으면 합니다. 그리고 큰 꿈을 안고 정치에 입문하겠습니다.

대단히 감사합니다.

그럼 안녕히 계십시오.

나는 무엇이든지 잘 할 수 있다는 자신감으로 새해를 맞이했다. 의식이 없어 죽었다 살아난 경험을 생각하면서 어떠한 어려움도 이겨낼 수 있다는 하나님께서 은혜로 내려주신 좋은 머리를 써먹을 수 있다고 긍적적이면서 적극적인 사고방식으로 잘 풀어 선진국복지건설에 일조해야겠다고 다짐했다.

유난히 추운겨울은 서민들의 생활을 더욱 힘들게 만들고 있었다. 나는 용기를 내어 금융감독원에 설치된 인수위원회의 대통합위원장 한광옥 씨를 만나 내가 처해있는 입장을 설명하고 도움을 청해보자 들어줄 수 있을까 의문을 갖고 찾아갔다.

한강 남쪽에 살고있는 터라 지리를 몰라 택시를 타고 근처에 내려 공익근무자들이 봉사를 하고 있어 물어서 도착했다.

"누구세요." 경찰복을 입은 사람이 물어본다.

"나는 한미 FTA 비준에 통과한 5.18문학 작가입니다."

"뭣 때문에 왔습니까?"

"우리 모두가 잘 살 수 있는 방법이 있어서 찾아왔습니다."

"어떻게 해서 잘 살 수 있나요?"

"5.18소설 '화려한 휴가'를 영화로 찍어 상영했어요. 천만 명이 관람을 했는데 한미 FTA 한류분야에 들어가서 수출할 수 있어요. 문학작품과 영화를 세계에 팔 수 있어요. 경제적인 효과가 지하자원이 없는데 석유가 나오는 것처럼 아주 커 복지사회 온 국민들이 대통합을 해서 잘 살 수 있어요. 계속 민주화가 되는 과정 통일할 때까지 작품을 써서 중, 고교, 대학생들을 교육시키는 자료로 사용할 수 있어요."

"누구를 만나러 왔습니까."

"김대중대통령 살아계실 때 박근혜당선인께 '대통합을 꼭 해주세요' 하고 말씀하셔서 한광옥 전 비서실장이 박근혜 사람이 되어 선거운동을 하셨는데 박근혜씨를 만날 수가 없어 다리를 놓아 달라고 왔어요."

"기다려요. 전화연락을 할테니까."

앉아서 한참을 기다렸더니 비서가 만나러 내려왔다.

"안녕하세요. 명함을 만들지 못하게 해서 드릴 수가 없네요."

"그래요."

"말씀하신 것 모두 보고 드리겠습니다. '화려한 휴가'가 영어로 무엇입니까."

"'섹시 홀리데이'라고 합니다. 나의 문학작품을 외교통상부에 가서 알아보기 전에 한광옥씨께 부탁이 있어서 왔습니다.

"그분께서 만나려고 해야 만남이 이루어지지 한쪽에서 원해도 만날 수가 없을 것입니다."

"편지를 써 놓았습니다. 대통령에 취임해서 읽어보실지 모르겠지만 받아보시면 답장을 기다리겠습니다. 그럼 수고하세요."

"안녕히 가세요."

확실한 답을 듣지 못했지만 긍정적으로 생각하기로 했다. 죽기 살기로 죽을 만큼 노력하면 하늘도 감동하셔서 도와주실 것이라고 기도하면서 때를 기다리기로 마음먹었다.

우리나라는 남아선호사상에서 벗어나 여권의 상승 부모세대에서는 정치를 할 수 없는 사회에서 시대가 변해 국회의원이나 대통령까지 출마할 수 있는 사회로 전환되었다.

아직 유교주의를 중요시하는 사람들이 있고 미국 초강대국 선진국에서도 여성이 대통령으로 당선된 적이 없어서 한편으로는 당선되지 않을 수도 있겠지 하고 생각했었다.

앙상한 가지만 남은 겨울나무는 바람에 이리저리 흔들려 소리만 요란스럽게 내며 아침에는 가만히 눈이 쌓여있었다.

여자가 대통령이 될 수 있는 세상에 살고 있다는 생각에 나도 그렇게 되고 싶다는 또 하나의 꿈이 생겼다.

먼저 글에서 대성공을 하고 국민이 지지해주면 할 수 있지 않겠는가. 국민을 위한, 국민에 의한, 국민의 정치를 할 수 있는 기회가 올 것이다는 예감이 머릿속에 떠올랐다. 머리와 가슴으로 국민을 사랑하면서 때를 기다리고 있다.

날씨는 아직 찬바람이 불지만 나의 마음속에는 봄이 와 있었다.

 대통령 취임식을 텔레비전을 통해 보고 오후에는 편지를 손으로 써서 우체국으로 부치러 외출을 했다. 봄이 오는 길목에서 꿈과 희망의 메시지를 우표를 봉투에 부치고 우체통에 넣었다. 나의 마음속에는 잔잔한 호수에 물결처럼 파문이 일어 벅차올랐다.

13. 민주주의 꽃을 피우기 위하여

찬란한 아침햇살이 이슬방울에 반사되어 맑고 아름답다. 소나무 솔잎에 맺히더니 무지갯빛 일곱 색상이 아파트 화단을 장식한다. 새싹이 파릇파릇 돋아나오고 생물들이 기지개를 편다. 봄비가 소리 없이 내리더니 녹색이 조금씩 짙어가는 봄날이 우리 앞에 펼쳐진다.

매년 맞이하는 봄이지만 올해에는 더욱 새롭게 느껴진다. 목련꽃이 어여쁜 얼굴을 내밀어 화사하게 웃음꽃이 피었다. 그 아래 진달래가 먼저 피고 붉은 빛깔의 철쭉꽃이 차례로 피어 가지가지의 색상이 봄의 하모니에 맞추어 노래 부른다.

빛나고 아름다운 그 자태를 먼 곳에서도 볼 수가 있어 꽃향기에 취해 날아든 벌과 나비들의 춤을 감상하고 있었다. 생동감이 넘쳐흐르는 봄날의 싱그러움에 나의 마음도 새롭게 하고서 꽉 낀 청바지 입고 봄나들이 간다.

새 정부가 들어서면서 국회를 통과해야 하는 정부조직법이 늦게 통과되었다. 대통령 취임식날 부쳤던 편지에 대한 답장을 기다렸지만 결국은 소식이 없었다. 그리고 개성공단이 폐쇄된다는 뉴스가 흘러나왔다. 이유는 김정은을 나쁘게 말하고 개성공단을 달러박스라고 말한다는데 감정이 상해 통행을 제안한다는 것이다.

세상은 봄의 한가운데서 꽃바람타고 날아오는 소식들을 걱정과 우려의 마음으로 가만히 지켜볼 따름이다. 꽃이 핀 다음에 나온 이파리, 황홀한 순간은 잠시지만 짙은 색깔로 젊음을 자랑하고 청춘을 예찬한다.

나의 젊은 시절은 너무 아름다웠다. 나이는 숫자일 뿐 아직은 젊은 중년에 하고 싶은 일도 많이 있다.

하늘이 잘 보이는 베란다에 나와 서울을 내려다보면서 내가 꿈꾸고 있는 모든 것을 이룰 수 있도록 도와주시라는 기도를 하나님 예수님께 절실하게 드렸다.

푸른 산은 아름답구나 관악산 허리까지 건물들이 시야에 들어오지만 푸른빛은 맑고 투명하게 더욱더 잘 보인다. 드넓은 하늘가에 구름이 두둥실 떠다닌다.

박근혜대통령은 첫 번째 해외방문지를 미국을 선택해 7박8일 다녀왔다. 미국과 동맹강화 핵 억지력 북한문제 등 한미정상회의를 하면서 논의를 하였다.

그 중에 한류문화를 가수 싸이의 강남스타일을 말하면서 자연스럽게 말이 나와 관심을 많이 보였다.

박근혜대통령은 오바마 미국대통령에게 '한미 FTA를 통해 많은 사람들이 체감하고 볼 수 있도록 하겠다'라고 대답을 해서 나와 연관이 되어 꿈이 이루어질 수 있겠구나 생각하고 있었다.

그런데 그 다음날 윤창중비서관의 성추행 불미스런 사건이 보도되어 깜짝 놀라 실망이 너무 컸다.

한미 정상회담이 끝난 후 혼자 빠져나와 술을 마시고 취해 한국문화원 아르바이트 학생을 불미스럽게 해서 박근혜 정부를 불편하게 하고 품위를 떨어뜨리고 돌아왔다. 이 문제로 전국이 시끄러운 가운데 5.18의 33주년 기념일이 되어서 이명박 전대통령은 기념식에 참석하지 않았는데 박근혜대통령이 참석을 하였다.

예년과 달리 수도권에서 오케스트라 관현악단 합창단과 무용단이 망월동에 가서 행사를 진행하고 돌아왔다.

취임식날 손 편지를 부쳤는데 연락이 없었고 이 시점에서 세계에 팔 수 있는지 없는지 궁금하고 답답해서 가만히 있을 수가 없어 청와대에 갔었다.

가로수 나무들은 햇빛을 받아 아름답게 반짝반짝 빛나고 있었다. 그러나 박근혜대통령은 청와대 안에 있는데도 만날 수가 없었다.

"안녕하세요. 나는 이제 한류작가라고 말할 수 있어요."

"예전에도 왔던 분이군요."

청와대 관계자가 웃으면서 반겨주었다.

"이 사건이 있었는데 한류문화를 팔 수 있는지 없으면 방법을 제안하려고 국익차원에서 왔는데 대통령을 만날 수 있습니까?"

"만나려고 해도 높은 분이 만날 의사가 없으면 만날 수 없어요. 밑에 사람과 대화도 없어요. 아무도 만나지 못해요."

"그래요."

"말씀해보세요. 통일부장관에게나 보고하게요."

"남북관계가 좋아질 것이다고 확신하고 있어요. 그리고 우리 남한은 젊은 여자 인구수가 적어서 귀하고 북한은 여자 인구수가 많으나 먹을 것이 귀한 상태에 놓여 있습니다. 이 점이 통일할 수 있는 공감대를 형성해야 합니다. G20 정상회담 APEC(아시아 태평양 경제협력회의)에서 정상들이 모이는 곳에서 연설을 해야 합니다. 연설내용에 '북한을 도와주고 남한의 농촌총각 등 결혼 못한 사람들과 북한의 여자가 만나서 결혼시키기 위해서 남북정상회담을 개최하겠다.'고 한다면 팔 수 있을 것이다고 생각합니다."

"예, 그런 말씀하셔도 만나려고 하지 않습니다. 안타까워요. 제 힘으로는 할 수 없어요."

청와대 정문과 경복궁 후문과 연결이 되어 있었다. 마침 경복궁을 개방을 해서 그 분과 인사를 하고 입장권을 끊고 경복궁에 들어가서 관람을 하고 집으로 돌아왔다.

하루일과가 끝나고 남편과 안방에서 오늘 있었던 여러 가지 이야기를 나누었다. 그 중에 불미스런 일이 화제거리였다. 윤창중 씨가 박근혜씨 남동생 친구였다고 한다.

박근혜 남동생과 젊어서 술집에 다니면서 바람피우고 마약까지 하고 같이 다녔다고 한다. 선거가 끝나고 또 술집에 다니다가 미국에 가서도 일행 중에 빠져나와 제버릇 남 못주고 술을 마시고 불미스런 일까지 저질렀다는 소문이 파다했다.

그 후에도 윤창중씨가 미국에 잡혀갔다는 것은 언론에 나오지 않았다. 북한이 대화하자고 나와 그 소문은 잠잠해졌다.

나의 꿈이 이루어 질 수도 있었는데 아쉬움이 많이 남지만 민주주의 꽃을 피우기 위해 진통을 겪고 있구나 하고 생각하기로 했다.

이 진통의 시기가 지나면 나는 하나님의 축복이 우리 국민 모두에게 내려주실 것이라는 믿음으로 모든 일에 최선의 노력을 다하겠다는 다짐을 하였다.

초여름인데 너무 더운 날씨이다. 북한과의 관계가 원만하게 이루어지지 않지만 통일부에서는 노력을 계속 이어가고 있다. 중부지방에서부터 시작한 장마가 처음에 한번 비가 내리고 이주동안 비가 내리지 않았다.

7월초 많은 비가 내렸다가 또 내리지 않기를 거듭하더니 거의 오십일 가까이 긴장마가 되었다. 그 뒤에 오는 폭염과 잠을 들지 못하게 하는 열대야가 이십 일이나 계속 되더니 백년 만에 가장 더운 여름이라는 보도가 나왔다.

올해는 한반도에 불어오는 태풍이 없어 뜨거운 태양볕에 당도가 높은 과일이며 알곡이 여물어 풍년이 되었다.

황금물결이 춤추는 들녘 어느 곳에서 아침저녁으로 시원한 바람이 불어와 기분이 상쾌해졌다.

달 밝은 하늘밑 어여쁜 코스모스아가씨가 노래 부르는 고운 목소리를 감상하며 즐기고 있다. 하늘하늘 허리를 가누지 못할만큼 유연한 몸짓으로 춤추는 모습이 너무 아름답게 느껴진다.

분홍색 붉은 색 하얀색이 달빛에 어우러져 코스모스 우주를 상징하는 준엄함과 고귀함 멋스러움에 마음속에서부터 깊은 찬사와 박수를 보낸다.

남편과 밤공기를 마시면서 공원을 산책하고 있었다.

"여보, 추석이 얼마남지 않았지."

"예, 이번에는 시골에 내려가지 않고 우리 가족끼리 차례를 지낼까요. 조상님, 하나님께 감사하는 의미로."

"그래요, 땡스 기빙데이라고 하잖아요. 여성이 대통령이 되었는데 딸이 둘이니 아들과 똑 같으니까요."

"나는 박근혜씨가 대통령에 당선될 줄 몰랐어요. 아직 남자위주로 유교주의 영향이 남아있는 사회인데요."

여기도 가을 꽃향기가 상쾌하게 날아와 기분이 좋아진다. 손잡고 나란히 공원을 한바퀴 돌고 집으로 걸어오면서 대화를 하였다. 맑고 청명한 초가을 날씨가 계속 이어진다.

더운 여름과 추운 겨울이 빨리오고 긴 시간인데 비해 짧은 봄 짧은 가을이라고 일기예보에서 예측을 했는데 맞아 떨어진다는 것은 지구온난화의 결과인데 이산화탄소를 많이 배출한 결과라고 연구한 사람들의 보고이다.

우리나라의 가을하늘은 유난히 높고 파란 색깔이다. 나는 착한 사람들 아름다운 마음의 소유자들이 많이 살고 있기 때문이라고 생각한다.

명절이 다가온다는 느낌은 시장에 나가보면 체감할 수 있는 전경이다. 장맛비가 늦게까지 내린 이유로 남국의 햇볕을 많이 받아야 하는데 햇과일이 익어가는 시기와 추석이 때가 맞지를 않아 물가가 안정되지 못했다.

그러나 더도말고 덜하지도 않기를 어느 때나 추석만 같아라는 말이 있듯이 풍성한 상차림을 하기 위하여 여러 가지 시장보기를 하는데 마음이 넉넉하고 풍요로웠다.

쉬는 날이 많아 아이들과 전도 부치고 맛있는 음식을 만들고 아빠는 상에 올리기 위해 밤을 깎기도 하면서 추석준비를 하였다. 집에서 추석을 지내는 것은 처음이지만 오래전부터 해오는 것같은 자연스러운 분위기였다.

명절이 되면 부모형제를 만나고 같이 보냈는데 이제는 아이들이 결혼할 나이가 되어가니 부모로부터 완전히 독립한다는데 의미가 있었다.

추석날 아침, 어제 장만한 음식을 인터넷을 찾아 보기좋게 상차려놓고 찬송을 부르고 기도를 드렸다.

그 동안 감사하고 우리가족 건강하고 행복하게 잘 살 수 있도록 보살펴주시고 좋은 신랑감도 만나게 해달라고 기도했다.

녹색의 짙은 푸르름이 채색된 여러 가지 고운 빛깔로 지난달 말부터 물이 들어가기 시작했다.

뜨거운 태양볕을 많이 받아 어느 해보다 곱고 아름다운 단풍으로 산을 오르는 사람들에게 선물을 주는 것 같았다. 낮은 야산을 깎아서 아름답게 만들어 놓은 공원에 가을꽃이 피었다. 그 주위에 나무이파리들이 오색으로 물이 들어 자연스럽게 산을 오른다.

단풍이 절정으로 가장 아름답게 빛이 날 때 남편과 김밥, 유부초밥, 주먹밥 등 먹을 것을 준비해 소풍 나왔다.

"우리 이제 중년이지만 늙어가는 나이여요."

"벌써 그렇게 됐네. 세월이 참 빠르게 흘러가네요."

"갱년기인데 모르겠어요. 감정의 변화가 없네요. 해야 할일이 너무 많아 신경 쓸 시간이 없어요."

"그것은 좋은 일이지."

"죽음은 가까이하고 싶지 않은 단어인데 어느 시인이 아름답게 그려서 마음에 와 닿아요. 들어보래요. '나 하늘로 돌아가리라 아름다운 이 세상 소풍 끝내는 날 가서 아름다웠더라고 말하리라' 이 시인은 이른바 부귀영화를 누리기는커녕 모진 시련과 가난을 아름다웠더라고 말하는 시인이 있어 좋아하는 사람이어요."

"당신은 센티멘털해요. 느끼는 감수성이 아주 풍부해요. 사랑해."

"너무 행복해요."

벤치에 앉아서 음식을 서로 먹여주면서 나누는 대화는 달콤했다. 오랫동안 맑은 공기를 마시고 산책하다 돌아오는 길에 약수터에 들러 한참동안 앉아서 오고가는 사람들과 인사를 나누었다. 약수물을 한 모금씩 마시고 두 손을 꼭 잡고서 산을 내려왔다.

눈과 마음을 아름답게 만들고서 행복한 시간을 나누는데 단풍은 낙엽으로 변하여 하나 둘 떨어지기 시작했다. 가로수 잎새들이 가랑잎 되어 길에서 이리저리 뒹구는데 지나가는 사람들은 마구 밟으며 다닌다.

도심 속에 잘 가꾸어진 넓은 마당에 은행잎 단풍잎이 많이 떨어져 가을의 운치를 감상하고 있었다. 예쁜 잎새를 주어서 성경책 속에 꽂아 두었다. 지난해에 넣어 두었던 잎새가 색이 바래있었다.

책 속에서는 가을의 향기가 묻어나온다. 추억이 서려있어서 옛생각이 머릿속에 잠시 머물다 간다.

학창시절에 유년을 같이 보냈던 친구들은 지금 무엇을 하고 있을까? 그 때 그 시절로 돌아갈 수 없지만 만나서 술잔이라도 나누고 싶다. 이 가을에 그리움을 달래기 위해 낙엽지는 분위기를 배

경으로 가을에 어울리는 클래식 야외음악회가 열렸다.

제목은 '가을 낙엽 그리고 마리아.' 소프라노 합창단원의 선율이 아름다운 화음으로 피어나 너무나 감동적이었다. '시몬 낙엽 밟는 소리가 들리는가' 시어를 읊고 바스락바스락 소리를 들으면서 밤늦게까지 걸어다닌다.

간밤에 바람소리가 요란하게 들리더니 무서리가 새하얗게 내리고 내겐 잠도 오지 않았나보다.

청바지에 바바리를 입고 멋있게 꾸미고서 대학로에 젊은이들과 함께 호흡하기 위해 자주 외출을 한다.

가을비가 추적추적 내린다. 비바람에 낙엽은 우수수 떨어져 쌓인다. 다음날 아침 햇살은 눈부시게 비추인다. 물기가 가신 낙엽을 미화원 아저씨가 쓸어 모은다. 낙엽을 태운다. 원두커피를 마시며 지나가다가 그 모습을 바라본다. 활활 타오르는 낙엽의 향기에 취해 나의 꿈과 희망도 마음속에서 타오르고 있었다.

한 해가 얼마남지 않았는데 나는 지금 어떻게 살아가고 있는가. 다시 돌아보며 에너지 재충전의 계기로 삼는다.

며칠이 지난 후 나뭇가지에 매달려 있는 마지막 잎새는 보이지 않고 짙은 고동색으로 겨울을 보내기 위해 옷을 입는다. 세상을 살다보면 자신의 능력으로는 해결하기 어려운 일을 종종 겪게 된다.

그 누구보다도 변함없이 든든하게 도움을 주시는 분은 하나님이시다. 하나님께서는 내가 어려울 때 간절히 청하면 꼭 들어주신다. 만약 아직 들어주시지 않는다면 아직 해야 할 때가 아닌 것이다.

매서운 추위가 오면 가장 힘이 든 사람은 서민들이다.

달콤한 말로 거짓말을 해서 당선이 되어놓고 현실에서는 도움을 줄 수가 없다는 말을 돌려 말하면 국민들이 믿을 수 있다고 생각하는지 그런 정치를 잘하고 있는지 묻고 싶다.

'경제가 좋아지는 능력이 보이지 않으면 내년 상반기에 개헌을 공론화하겠다.' 제헌절날 여당국회의장의 연설에서 나온 말이다.

북한 개성공단은 우여곡절로 많은 회담을 거쳐 정상화가 되었으나 남북관계가 좋아질 듯하면서 원만하게 이루어지지 않았다.

우리 국민들이 잘 살 수 있는 선진국 복지사회를 만들어 놓고 그 다음 북한을 도와주자. 서민들이 너무 고통을 받고 있어서 우리의 여론 공통된 의견이다.

추운 겨울에도 경제면에서 민주주의 꽃을 피워 따뜻한 사랑을 나눌수 있기를 그때가 올 것이라고 굳게 믿고 있다.

지금은 가을에서 겨울의 문턱을 넘어가는 과정에 와 있다. 첫눈이 오면 누군가 만나고 싶어 약속을 한다는데 아직도 설레임과 기대감이 남아 있다는 것은 중간쯤 젊기 때문이다. 글을 쓰고 있는 한 젊고 아름다운 시절이 계속 이어질 것이다. 그리고 죽을힘을 다하여 최선의 노력에 대한 보람으로 한류작가로서 크게 성공하여 국민들의 성원에 보답할 것이다.

따뜻하고 정다운 미소로 세상을 바라보면서 조용히 때를 기다린다.

후기

호소문

나의 조국 산천에는 봄이 왔건만 파란 가슴에 피멍이 든 우리 아이들을 삼켜버린 미운 바닷물이 원망스럽다.

하늘을 우러러 한 점 부끄러운 순간이 없었던 젊은 열여덟 살의 짧은 삶. 제주도로 수학여행 가는 이른 아침에 배가 바닷물 속에 가라앉을 때 내가 죽어간다는 사실을 알면서 핸드폰으로 전화를 해서 마지막 인사말이 사랑해….

가슴이 미어지는 슬픔에 빠졌다.

2014년 4월 16일 너무나 슬픈 세월호사건이 발생하였다. 1980년 5월 18일 젊은 학생들의 떼죽음에 이어 제2의 광주사태가 일어나 대한민국이 깊은 슬픔에 빠져 헤어나지 못하고 있다. 4월은 깊은 상처만 남기고 북받치는 눈물이 하염없이 흐른다.

1950년 6월 25일 한국전쟁으로 폐허가 되어버린 땅에서 근대화 민주화 과정에서 우리나라는 사람들이 많이 죽고 데모를 많이 하여 뿌연 최루탄이 난무하는 나라로 세계 사람들이 그렇게 알고 있었는데 1988년 하계올림픽이 서울에서 개최하여 눈부신 경제 발전을 거듭한 대한민국이 웅장하게 세계무대에 오른 것이다.

이때부터 한류문화가 세계 사람들에게 주목받고 좋아하게 되어 한류의 원조가 된 것이다.

그리고 세계가 변하여 경제대국인 미국과 경제규모가 세계8위인 대한민국 우리나라와 FTA(자유무역협정)를 체결하여 모델로 세계53개국과 각각 체결하게 되었다.

2007년 4월 한미 FTA를 타결하고 이익이 불균형이라고 재협상하여 국회에 통과 안된 것을, 즉 한미 FTA 비준을 하자는 말을 했다.

이제는 한미 FTA를 다 끝냈으나 이행완료가 되지 않는 한미 FTA 한류분야 영화 '화려한 휴가'가 남아 있었다.

오바마 미국대통령이 싸이의 재미있는 강남스타일 춤이 있지만 새드뮤비 섹시홀리데이 슬픈 영화도 한류문화에 들어가 관심을 많이 보였고 매력이 있다는 말을 들었다.

섹시홀리데이는 그때 당시 진압하던 신군부가 붙인 작전개시 암호이지 그런 장면이 나오지 않은 그대로 슬픈 영화이다.

세월호 사건이 일어난 뒤 2014년 4월 25일 아시아 순방 때 오바마가 우리나라를 방문해서 한미 정상회담하는 공식석상에서 슬픔에 빠져있는 우리국민들을 위로하면서 한미 새드뮤비 비준에 통과된 한류문화 이행완료를 위해 추가협상하자는 말을 했었다.

세계지구촌 친구들, 신사숙녀 여러분!

세계유일한 분단국이 민주화가 되어 통일하는 과정을 창작 작품으로 승화를 해서 쓴 책과 영화를 많이 보아주시고 사 주시기 바랍니다.

그리고 세계가 우레와 같은 박수를 보내주시고 축하해주는데 힘을 얻어 꼭 평화통일을 이루겠습니다.

대단히 감사합니다.

아름다운 시절 김영임 소설집

초판인쇄 2017년 02월 24일 **초판발행** 2017년 03월 01일

지은이 **김영임**
펴낸이 **이혜숙** 펴낸곳 **신세림출판사**
등록일 1991년 12월 24일 제2-1298호

04559 서울특별시 중구 창경궁로 6, 702호(충무로5가, 부성빌딩)
전화 02-2264-1972 팩스 02-2264-1973
E-mail : shinselim72@hanmail.net

정가 15,000원

ISBN 978-89-5800-180-5, 03810